中外文学名著典藏系列

雅舍小品

Yashe Xiaopin

梁实秋/著

陕西师范大学出版总社有限公司

雅舍(代序)

　　到四川来,觉得此地人建造房屋最是经济。火烧过的砖,常常用来做柱子,孤零零的砌起四根砖柱,上面盖上一个木头架子,看上去瘦骨嶙嶙,单薄得可怜;但是顶上铺了瓦,四面编了竹篦墙,墙上敷了泥灰,远远的看过去,没有人能说不像是座房子。我现在住的"雅舍"正是这样一座典型的房子。不消说,这房子有砖柱,有竹篦墙,一切特点都应有尽有。讲到住房,我的经验不算少,什么"上支下摘","前廊后厦","一楼一底","三上三下","亭子间","茅草棚","琼楼玉宇"和"摩天大厦"各式各样,我都尝试过。我不论住在哪里,只要住得稍久,对那房子便发生感情,非不得已我还舍不得搬。这"雅舍",我初来时仅求其能蔽风雨,并不敢存奢望,现在住了两个多月,我的好感油然而生。虽然我已渐渐感觉它是并不能蔽风雨,因为有窗而无玻璃,风来则洞若凉亭,有瓦而空隙不少,雨来则渗如滴漏。纵然不能蔽风雨,"雅舍"还是自有它的个性。有个性就可爱。

　　"雅舍"的位置在半山腰,下距马路约有七八十层的土阶。

前面是阡陌螺旋的稻田。再远望过去是几抹葱翠的远山，旁边有高粱地，有竹林，有水池，有粪坑，后面是荒僻的榛莽未除的土山坡。若说地点荒凉，则月明之夕，或风雨之日，亦常有客到，大抵好友不嫌路远，路远乃见情谊。客来则先爬几十级的土阶，进得屋来仍须上坡，因为屋内地板乃依山势而铺，一面高，一面低，坡度甚大，客来无不惊叹，我则久而安之，每日由书房走到饭厅是上坡，饭后鼓腹而出是下坡，亦不觉有大不便处。

　　"雅舍"共是六间，我居其二。篾墙不固，门窗不严，故我与邻人彼此均可互通声息。邻人轰饮作乐，咿唔诗章，喁喁细语，以及鼾声、喷嚏声、吮汤声、撕纸声、脱皮鞋声，均随时由门窗户壁的隙处荡漾而来，破我岑寂。入夜则鼠子瞰灯，才一合眼，鼠子便自由行动，或搬核桃在地板上顺坡而下，或吸灯油而推翻烛台，或攀援而上帐顶，或在门框桌脚上磨牙，使得人不得安枕。但是对于鼠子，我很惭愧的承认，我"没有法子"。"没有法子"一语是被外国人常常引用着的，以为这话最足代表中国人的懒惰隐忍的态度。其实我的对付鼠子并不懒惰。窗上糊纸，纸一戳就破；门户关紧，而相鼠有牙，一阵咬便是一个洞洞。试问还有什么法子？洋鬼子住到"雅舍"里，不也是"没有法子"？比鼠子更骚扰的是蚊子。"雅舍"的蚊风之盛，是我前所未见的。"聚蚊成雷"真有其事！每当黄昏时候，满屋里磕头碰脑的全是蚊子，又黑又大，骨骼都像是硬的。在别处蚊子早已肃清的时候，在"雅舍"则格外猖獗，来客偶不留心，则两腿伤处累累隆起如玉蜀黍，但是我仍安之。冬天一到，蚊子自然绝迹，明年夏天——谁知道我还是住在"雅舍"！

"雅舍"最宜月夜——地势较高，得月较先。看山头吐月，红盘乍涌，一霎间，清光四射，天空皎洁，四野无声，微闻犬吠，坐客无不悄然！舍前有两株梨树，等到月升中天，清光从树间筛洒而下，地上阴影斑斓，此时尤为幽绝。直到兴阑人散，归房就寝，月光仍然逼进窗来，助我凄凉。细雨濛濛之际，"雅舍"亦复有趣。推窗展望，俨然米氏章法，若云若雾，一片弥漫。但若大雨滂沱，我就又惶悚不安了，屋顶湿印到处都有，起初如碗大，俄而扩大如盆，继则滴水乃不绝，终乃屋顶灰泥突然崩裂，如奇葩初绽，砉然一声而泥水下注，此刻满室狼藉，抢救无及。此种经验，已数见不鲜。

"雅舍"之陈设，只当得"简朴"二字，但洒扫拂拭，不使有纤尘。我非显要，故名公巨卿之照片不得入我室；我非牙医，故无博士文凭张挂壁间；我不业理发，故丝织西湖十景以及电影明星之照片亦均不能张我四壁。我有一几一椅一榻，酣睡写读，均已有着，我亦不复他求。但是陈设虽简，我却喜欢翻新布置。西人常常讥笑妇人喜欢变更桌椅位置，以为这是妇人天性喜变之一证。诬否且不论，我是喜欢改变的。中国旧式家庭，陈设千篇一律，正厅上是一条案，前面一张八仙桌，一旁一把靠椅，两旁是两把靠椅夹一只茶几。我以为陈设宜求疏落参差之致，最忌排偶。"雅舍"所有，毫无新奇，但一物一事之安排布置俱不从俗。人入我室，即知此是我室。笠翁《闲情偶寄》之所论，正合我意。

"雅舍"非我所有，我仅是房客之一。但思"天地者万物之逆旅"，人生本来如寄，我住"雅舍"一日，"雅舍"即一日为我所有。即使此一日亦不能算是我有，至少此一日"雅舍"所能给予之苦辣酸甜我实躬受亲尝。刘克庄词："客里似家家似寄。"我此时此刻卜居"雅舍"，"雅舍"即似我家。其实似家似寄，我亦分辨不清。

长日无俚，写作自遣，随想随写，不拘篇章，冠以"雅舍小品"四字，以示写作所在，且志因缘。

目　录

三　老饕漫笔

一 观心悟语

时间即生命

最令人怵目惊心的一件事，是看着钟表上的秒针一下一下的移动，每移动一下就是表示我们的寿命已经缩短了一部分。再看看墙上挂着的可以一张张撕下的日历，每天撕下一张就是表示我们的寿命又缩短了一天。因为时间即生命。没有人不爱惜他的生命，但很少人珍视他的时间。如果想在有生之年做一点什么事，学一点什么学问，充实自己，帮助别人，使生命成为有意义，不虚此生，那么就不可浪费光阴。这道理人人都懂，可是很少人真能积极不懈的善于利用他的时间。

我自己就是浪费了很多时间的一个人。我不打麻将，我不经常的听戏看电影，几年中难得一次，我不长时间看电视，通常只看半个小时，我也不串门子闲聊天。有人问我："那么你大部分时间都做了些什么呢？"我痛自反省，我发现，除了职务上的必须及人情上所不能免的活动之外，我的时间大部分都浪费了。我应该集中精力，读我所未读过的书，我应该利用所有时间，写我所要写的东西，但是我没能这样做。我的好多的时间都糊里糊涂的混过去了,"少壮不努力,老大徒伤悲。"例如我翻译莎士比亚,本来计划于课余之暇每年翻译两部,二十年即可完成,但是我用了三十年,主要的原因是懒。翻译之所以完成,主要的是因为活得相当长久,十分惊险。翻译完成之后,虽然仍有工作计划,但体力渐衰,有力不从心之感。假使年轻的时候鞭策自己,如今当有较好或较多的表现。然而悔之晚矣。

再例如,作为一个中国人,经书不可不读。我年过三十才知道读书自修的重要。我披阅,我圈点,但是恒心不足,时作时辍。五十以学易,可以无大过矣,我如今年过八十,还没有接触过《易经》,说来惭愧。史书也很重要。我出国留学的时候,我父亲买了一套同文石印的前四史,塞满了我的行箧的一半空间,我在外国混了几年之后又把前四史原封带回来了。直到四十年后才鼓起勇气读了《通鉴》一遍。现在我要读的书太多,深感时间有限。

无论做什么事,健康的身体是基本条件。我在学校读书的时候,有所谓"强迫运动",我踢破过几双球鞋,打断过几只球拍。因此侥幸维持下来最低限度的体力。老来打过几年太极拳,目前则以散步活动筋骨而已。寄语年轻朋友,千万要持之以恒的从事运动,这不是嬉戏,不是浪费时间。健康的身体是做人做事的真正的本钱。

养成好习惯

　　人的天性大致是差不多的，但是在习惯方面却各有不同，习惯是慢慢养成的，在幼小的时候最容易养成，一旦养成之后，要想改变过来却还不很容易。

　　例如说：清晨早起是一个好习惯，这也要从小时候养成，很多人从小就贪睡懒觉，一遇假日便要睡到日上三竿还高卧不起，平时也是不肯早起，往往蓬首垢面的就往学校跑，结果还是迟到，这样的人长大了之后也常是不知振作，多半不能有什么成就。祖逖闻鸡起舞，那才是志士奋励的榜样。

　　我们中国人最重礼，因为礼是行为的轨范。礼要从家庭里做起。姑举一例：为子弟者"出必告，返必面"，这一点点对长辈的起码的礼，我们是否已经每日做到了呢？我看见有些个孩子们早晨起来对父母视若无睹，晚上回到家来如入无人之境，遇到长辈常常横眉冷目，不屑搭讪。这样的跋扈乖戾之气如果不早早的纠正过来，将来长大到社会服务，必将处处引起摩擦不受欢迎。我们不仅对长辈要恭敬有礼，对任何人都应该维持相当的礼貌。

　　大声讲话,扰及他人的宁静,是一种不好的习惯。我们试自检讨一番,在别人读书工作的时候是否有过喧哗的行为?我们要随时随地为别人着想,维持公共的秩序,顾虑他人的利益,不可放纵自己,在公共场所人多的地方,要知道依次排队,不可争先恐后的去乱挤。

　　时间即是生命。我们的生命是一分一秒的在消耗着,我们平常不大觉得,细想起来实在值得警惕。我们每天有许多的零碎时间于不知不觉中浪费掉了。我们若能养成一种利用闲暇的习惯,一遇空闲,无论其为多么短暂,都利用之做一点有益身心之事,则积少成多终必有成。常听人讲起"消遣"二字,最是要不得,好像是时间太多无法打发的样子,其实人生短促极了,哪里会有多余的时间待人"消遣"?陆放翁有句云:"待饭未来还读书。"我知道有人就经常利用这"待饭未来"的时间读了不少的大书。古人所谓"三上之功",枕上、马上、厕上,虽不足为训,其用意是在劝人不要浪费光阴。

　　吃苦耐劳是我们这个民族的标志。古圣先贤总是教训我们要能过得俭朴的生活,所谓"一箪食,一瓢饮",就是形容生活状态之极端的刻苦,所谓"嚼得菜根",就是表示一个有志的人之能耐得清寒。恶衣恶食,不足为耻,丰衣足食,不足为荣,这在个人之修养上是应有的认识。罗马帝国盛时的一位皇帝,Marcus Aurelius,他从小就摒绝一切享受,从来不参观那当时风靡全国的赛车比武之类的娱乐,终其身成为一位严肃的苦修派的哲学家,而且也建立了不朽的事功。这是很值得令人钦佩的。我们中国是一个穷的国家,所以我们更应该体念艰难,弃绝一切奢侈,尤其是从外国来的奢侈。宜从小就养成俭朴的习惯,更要知道物力维艰,竹头木屑,皆宜爱惜。

以上数端不过是偶然拈来,好的习惯千头万绪,"勿以善小而不为"。习惯养成之后,便毫无勉强,临事心平气和,顺理成章。充满良好习惯的生活,才是合于"自然"的生活。

谈话的艺术

一个人在谈话中可以采取三种不同的方式，一是独白，一是静听，一是互话。

谈话不是演说，更不是训话，所以一个人不可以霸占所有的时间，不可以长篇大论的絮聒不休，旁若无人。有些人大概是口部筋肉特别发达，一开口便不能自休，绝不容许别人插嘴，话如连珠，音容并茂。他讲一件事能从盘古开天地讲起，慢慢的进入本题，亦能枝节横生，终于忘记本题是什么。这样霸道的谈话者，如果他言谈之中确有内容，所谓"吐佳言如锯木屑，霏霏不绝"，亦不难觅取听众。在英国文人中，约翰逊博士是一个著名的例子。在咖啡店里，他一开口，老鼠都不敢叫。那个结结巴巴的高尔斯密一插嘴便触霉头。Sir Oracle在说话，谁敢出声？约翰逊之所以被称为当时文艺界的独裁者，良有以也。学问风趣不及约翰逊者，必定是比较的语言无味，如果喋喋不已，如何令人耐得。

有人也许以为嘴只管吃饭而不作别用，对人乃钳口结舌，一言不发。这样的人也是谈话中所不可或缺的，因为谈话和演戏一样，是需要听众的，这样的人正是理想的听众。欧洲中古时代的一个严肃的教派Carthusian monks以不说话为苦修精进的法门之一，整年的不说一句话，实在不易。那究竟是方外人，另当别论，我们平常人中却也有人真能寡言。他效法金人之三缄其口，他的背上应有铭曰："今之慎言人也。"你对他讲话，他洗耳恭听，你问他一句话，他能用最经济的辞句把你打发掉。如果你恰好也是"毋多言，多言多败"的信仰者，相对不交一言，那便只好共听壁上挂钟之滴答滴答了。钟会之与嵇康，则由打铁的叮当声来破除两人间之岑寂。这样的人现代也有，相对无言，莫逆于心，吧嗒吧嗒的抽完一包香烟，兴尽而散。无论如何，老于世故的人总是劝人多听少说，以耳代口，凡是不大开口的人总是令人莫测高深；口边若无遮拦，则容易令人一眼望到底。

谈话和作文一样，有主题，有腹稿，有层次，有头尾，不可语无伦次。写文章肯用心的人就不太多，谈话而知道剪裁的就更少了。写文章讲究开门见山，起笔最要紧，要来得挺拔而突兀，或是非常爽朗，总之要引人入胜，不同凡响。谈话亦然。开口便谈天气好坏，当然亦不失为一种寒暄之道，究竟缺乏风趣。常见有客来访，宾主落座，客人徐徐开言："您没有出门啊?"主人除了重申"我没有出门"这一事实之外，没有法子再作其他的答话。谈公事、讲生意，只求其明白清楚，没有什么可说的。一般的谈话往往是属于"无题""偶成"之类，没有固定的题材，信手拈来，自有情致。情人们喁喁私语，总是有说不完的话题，谈到无可再谈，则"此时无声胜有声"了。老朋友们剪烛西窗，班荆道故，上下古今无不可谈，其间并无定则，只要对方不打哈欠。禅师们在谈吐间好逗机锋，不落迹象，那又是一种境界，不是我们凡夫俗子所能企望得到的。善谈和健谈不同，健谈者能使四座生春，但多少有点霸道，善谈者尽管舌灿莲花，但总还要给别人留些说话的机会。

　　话的内容总不能不牵涉到人，而所谓人，则不是别人便是自己。谈论别人则东家长西家短全成了上好的资料，专门隐恶扬善则内容枯燥听来乏味，揭人阴私则又有伤口德，这其间颇费斟酌。英文gossip一字原义是"教父母"，尤指教母，引申而为任何中年以上之妇女，再引申而为闲谈，再引申而为飞短流长，而为长舌妇，可见这种毛病由来有自，"造谣学校"之缘起亦在于是，而且是中外皆然。不过现在时代进步，这种现象已与年纪无关。谈话而专谈自己当然不会伤人，并且缺德之事经自己宣扬之后往往变成为值得夸耀之事。不过这又显得"我执"太深，而且最关心自己的事的人，往往只是自己。英文的"我"字，是大写字母的I，有人已嫌其夸张，如果谈起话来每句话都用"我"字开头，不更显得自我本位了么？

　　在技巧上，谈话也有些个禁忌。"话到口边留半句"，只是劝人慎言，却有人认真施行，真个只说半句，其余半句要由你去揣摩，好像文法习题中的造句，半句话要由你去填充。有时候是光说前半句,要你猜后半句;有时候是光说后半句,要你想前半句。一段谈话中若是破碎的句子太多,在听的方面不加整理是难以理解的。费时费事,莫此为甚。我看在谈话时最好还是注意文法,多用完整的句子为宜。另一极端是,唯恐听者印象不深,每一句话重复一遍,这办法对于听者的忍耐力实在要求过奢。谈话的腔调与嗓音因人而异,有的如破锣,有的如公鸡,有的行腔使气有板有眼,有的回肠荡气如怨如诉,有的于每一句尾加上一串咯咯的笑,有的于说完一段话之后像鲸鱼一般喷一口大气,这一切都无关宏旨,要紧的是说话的声音之大小需要一点控制。一开口便血脉愤张,声震屋瓦,不久便要力竭声嘶,气急败坏,似可不必。另有一些人的谈话别有公式,把每句中的名词与动词一律用低音,甚至变成耳语,令听者颇为吃力。有些人唾腺特别发达,三言两语之后嘴角上便积有两滩如奶油状的泡沫,于发出重唇音的时候便不免星沫四溅,真像是痰唾珠玑。人与人相处,本来易生摩擦,谈话时也要保持距离,以策安全。

骂人的艺术

古今中外没有一个不骂人的人。骂人就是有道德观念的意思，因为在骂人的时候，至少在骂人者自己总觉得那人有该骂的地方。何者该骂，何者不该骂，这个抉择的标准，是极道德的。所以根本不骂人，大可不必。骂人是一种发泄感情的方法，尤其是那一种怨怒的感情。想骂人的时候而不骂，时常在身体上弄出毛病，所以想骂人时，骂骂何妨。

但是，骂人是一种高深的学问，不是人人都可以随便试的。有因为骂人挨嘴巴的，有因为骂人吃官司的，有因为骂人反被人骂的，这都是不会骂人的原故。今以研究所得，公诸同好，或可为骂人时之一助乎？

（一）知己知彼

骂人是和动手打架一样的，你如其敢打人一拳，你先要自己忖度下，你吃得起别人的一拳否。这叫做知己知彼。骂人也是一样。譬如你骂他是"屈死"，你先要反省，自己和"屈死"有无分别。你骂别人荒唐，你自己想想曾否吃喝嫖赌。否则别人回敬你一两句，你就受不了。所以别人有着某种短处，而足下也正有同病，那么你在骂他的时候只得割爱。

（二）无骂不如己者

要骂人须要挑比你大一点的人物，比你漂亮一点的或者比你坏得万倍而比你得势的人物。总之，你要骂人，那人无论在好的一方面或坏的一方面都要能胜过你，你才不吃亏的。你骂大人物，就怕他不理你，他一回骂，你就算骂着了。在坏的一方面胜过你的，你骂他就如教训一般，他既便回骂，一般人仍不会理会他的。假如你骂一个无关痛痒的人，你越骂他他越得意，时常可以把一个无名小卒骂出名了，你看冤与不冤？

（三）适可而止

骂大人物骂到他回骂的时候，便不可再骂；再骂则一般人对你必无同情，以为你是无理取闹。骂小人物骂到他不能回骂的时候，便不可再骂；再骂下去则一般人对你也必无同情，以为你是欺负弱者。

（四）旁敲侧击

他偷东西，你骂他是贼；他抢东西，你骂他是盗，这是笨伯。骂人必须先明虚实掩映之法，须要烘托旁衬，旁敲侧击，于

12

要紧处只一语便得，所谓杀人于咽喉处着刀。越要骂他你越要原谅他，即便说些恭维话亦不为过，这样的骂法才能显得你所骂的句句是真实确凿，让旁人看起来也可见得你的度量。

（五）态度镇定

骂人最忌浮躁。一语不合，面红筋跳，暴躁如雷，此灌夫骂座，泼妇骂街之术，不足以骂人。善骂者必须态度镇静，行若无事。普通一般骂人，谁的声音高便算谁占理，谁来得势猛便算谁骂赢，唯真善骂人者，乃能避其锐而击其懈。你等他骂得疲倦的时候，你只消轻轻的回敬他一句，让他再狂吼一阵。在他暴躁不堪的时候，你不妨对他冷笑几声，包管你不费力气，把他气得死去活来，骂得他针针见血。

（六）出言典雅

骂人要骂得微妙含蓄，你骂他一句要使他不甚觉得是骂，等到想过一遍才慢慢觉悟这句话不是好话，让他笑着的面孔由白而红，由红而紫，由紫而灰，这才是骂人的上乘。欲达到此种目的，深刻之用词故不可少，而典雅之言词尤为重要。言词典雅则可使听者不致刺耳。如要骂人骂得典雅，则首先要在骂时万万别提起女人身上的某一部分，万万不要涉及生理学范围。骂人一骂到生理学范围以内，底下再有什么话都不好说了。譬如你骂某甲，千万别提起他的令堂令妹。因为那样一来，便无是非可言,并且你自己也不免有令堂令妹,他若回敬起来,岂非势均力敌,半斤八两?再者骂人的时候,最好不要加入以种种难堪的名词,称呼起来总要客气,即使他是极卑鄙的小人,你也不妨称他先生,越客气,越骂得有力量。骂得时节最好引用他自己的词句,这不但可以使他难堪,还可以减轻他对你骂的力量。俗话少用,因为俗话一览无遗,不若典雅古文曲折含蓄。

(七)以退为进

两人对骂,而自己亦有理屈之处,则处于开骂伊始,特宜注意,最好是毅然将自己理屈之处完全承认下来,即使道歉认错均不妨事。先把自己理屈之处轻轻遮掩过去,然后你再重整旗鼓,咄咄逼人,方可无后顾之忧。即使自己没有理屈的地方,也绝不可自行夸张,务必要谦逊不遑,把自己的位置降到一个不可再降的位置,然后骂起人来,自有一种公正光明的态度。否则你骂他一两句,他便以你个人的事反唇相讥,一场对骂,会变成两人私下口角,是非曲直,无从判断。所以骂人者自己要低声下气,此所谓以退为进。

(八)预设埋伏

你把这句话骂过去,你便要想想看,他将用什么话骂回来。有眼光的骂人者,便处处留神,或是先将他要骂你的话替他说出来,或是预先安设埋伏,令他骂回来的话失去效力。他骂你的话,你替他说出来,这便等于缴了他的械一般。预设埋伏,便是在他要攻击你的地方,你先轻轻的安下话根,然后他骂过来就等于枪弹打在沙包上,不能中伤。

(九)小题大做

如对方有该骂之处,而题目身小,不值一骂,或你所知不多,不足一骂,那时节你便可用小题大做的方法,来扩大题目。先用诚恳而怀疑的态度引申对方的意思,由不紧要之点引到大题目上去,处处用严谨的逻辑逼他说出不逻辑的话来,或是逼他说出合于逻辑但不合乎理的话来,然后你再大举骂他,骂到体无完肤为止,而原来惹动你的小题目,轻轻一提便了。

(十)远交近攻

一个时候,只能骂一个人,或一种人,或一派人。绝不宜多树敌。所以骂人的时候,万勿连累旁人,即使必须牵涉多人,你也要表示好意,否则回骂之声纷至沓来,使你无从应付。

骂人的艺术,一时所能想起来的有上面十条,信手拈来,并无条理。我做此文的用意,是助人骂人。同时也是想把骂人的技术揭破一点,供爱骂人者参考。挨骂的人看看,骂人的心理原来是这样的,也算是揭破一张黑幕给你瞧瞧!

为什么不说实话

听一个朋友说起一个有趣的故事，这是个老故事，但我是初次听见，所以以为有趣。他说：

有一家酒店，隔壁住着好几个酒徒，酒徒竟偷酒喝，偷酒的方法是凿壁成穴，以管入酒缸而吸饮之，轮流吸饮，每天夜晚习以为常。酒店老板初而惊讶酒浆损失之巨，继而暗叹酒徒偷饮技术之精，终乃思得报复之道。老板不动声色，入晚于置酒缸之处改置小便桶一，内中便溺洋溢，不可向迩。夜深人静，酒徒又来吮饮，争先恐后，欲解馋吻。用尽力一吸，饱尝异味，挤眉咧嘴，汩汩自喉而下，刚要声张，旋思我若声张，别人必不再来上当，我独自吃亏，岂不太冤枉乎？有亏大家吃。于是乎连呼"好酒！好酒！"而退，乙继之，亦同样上当，亦同样不肯独自上当，亦连呼"好酒！好酒！"而退。丙丁戊已，循序而饮，以至于全体酒徒均得分润。事毕环立，相视而笑。

我听过这个故事之后，心里有一点儿明白为什么有些人不肯说老实话。有些人宁愿自己吃亏，宁愿跟着别人吃亏，宁愿套引别人跟着他吃亏，而也不愿意把自己所实感的坦白直说出来。因为说出来之后，别人就不再吃亏，而他自己就显得特别委屈。别人和他同样的吃亏，他就觉得有人陪着他吃亏了，不冤枉了。

我又想：万一其中有一个心直口快，把老实话脱口而出，这个人将要受怎样的遭遇呢？我想这个人是不受欢迎的，并且还要受到诅咒，尤其是那些已经饮过小便而貌做饮过醇酿的人必定要骂这个人是个呆瓜！

要下水，大家拖下水。谁也不说老实话。说老实话就是呆瓜！

这种心理，到处皆然，要不得！

教育你的父母

"养不教，父之过。"现在时代不同了。父母年纪大了，子女也负有教育父母的义务。话说起来好像有一点刺耳，而事实往往确是这样。

"吃到老，学到老。"前半句人人皆优为之，后半句却不易做到。人到七老八十，面如冻梨，痴呆黄耇，步履维艰，还教他学什么？只合含饴弄孙（如果他被准许做这样的事），或只坐在公园木椅上晒太阳。这时候做子女的就要因材施教，教他的父母不可自暴自弃，应该"当一天和尚撞一天钟"，"人生七十才开始"。西谚有云："没有狗老得不能学新把戏。"岂可人不如狗？并且可以很容易的举出许多榜样，例如：

一、摩西老祖母一百岁时还在画画。

二、罗素九十四岁时还在奔走世界和平。

三、萧伯纳九十二岁还在编戏。

四、史怀泽八十九岁还在非洲行医。

五、歌德写完他的《浮士德》时是八十三岁。

旁敲侧击，教他见贤思齐，争上游，不可以自甘老朽，饱食终日。游手好闲，耗吃等死，就是没出息。年轻人没出息，犹有指望，指望他有朝一日悔悔自新。上了年纪的人没出息，还有什么指望？二辈子！

孩子已经长大成人，甚至已经生男育女，在父母眼中他还是孩子。所以老莱子彩衣娱亲，仆地作儿啼，算是孝行。那时候他已经行年七十，他的父母该是九十以上的人了。这种孝行如今不可能发生。如今的孩子，翅膀一硬，就要远走高飞，此后男婚女嫁，小两口子自成一个独立的单位，五世同堂乃成为一种幻想，或竟是梦魇。现代子女应该早早提醒父母，老境如何打发，宜早为之计，告诉他们如何储蓄以为养老之资，如何锻炼身体以免百病丛生。最重要的是要他们心理有所准备，需要自求多福。颐养天年，与儿女无涉。俗语说："一个人可以养活十个儿子，十个儿子养不活一个爸爸。"那就是因为儿子本身也要养活儿子，自顾不暇，既要承上，又要启下，忙不过来。十个儿子互相推诿，爸爸就没人管了。

代沟之说，有相当的道理。不过这条沟如何沟通，只好潜移默化，子女对父母未便耳提面命。上一代的人有许多怪习惯，例如：父母对于用钱的方式，就常不为子女所了解。年轻人心里常嘀咕，你要那么多钱干什么？一个钱也带不了棺材里去！一个钱看得像斗大，一串串的穿在肋骨上，就是舍不得摘下来。眼瞧着钱财越积越多，而生活水准不见提高。嘀咕没有用，要事实上逐步提示新的生活模式。看他的一把座椅缺了一只脚,垫着一块砖,勉强凑合,你便不妨给他买一张转椅躺椅之类,看他肯不肯坐。看他的衣服捉襟见肘,污渍斑斑,你便不妨给他买一件松松大大的夹克,看他肯不肯穿。这当然不免要破费几文,然而这是个案研究的教学法,教具是免不了的。终极目的是要父母懂得如何过现代的生活,要让他知道消费未必就是浪费。

　　勤俭起家的人无不爱惜物资。一颗饭粒都不可剩在碗里,更不可以落在地上。一张纸,一根绳,都不能委弃。以致家家都有一屋子的破铜烂铁。陶侃竹头木屑的故事一直传为美谈,须知陶侃至少有储存那些竹头木屑的地方。如今三房两厅的逼仄的局面,如何容得下那一大堆的东西?所以做子女的在家里要不时的负起清除家里陈年垃圾的责任。要教导父母,莫要心疼,旧的不去,新的不来。

　　我们一般中国人没有立遗嘱的习惯,尽管死后子女打得头破血出,或是把一张楠木桌锯成两半以便平分,或是缠讼经年丢人现眼,就是不肯早一点安排清楚。其原因在于讳言死。人活着的时候称死为"不讳"或"不可讳",那意思就是说能讳时则讳,直到翘了辫子才不再讳。逼父母立遗嘱,这当然使不得。劝父母立遗嘱,也很难启齿。究竟如何使父母早立遗嘱,就要相机行事,乘父母心情开朗的时候,婉转进言,善为说词,以不伤感情为主。等到父母病革,快到易箦的时候才请他口授遗言,似乎是太晚了一些。

教育的方法多端，言教不如身教。父母设非低能，大抵也会知道模仿。在公共场所，如果年轻人都知道不可喧哗，他们的父母大概也会不大声说话。如果年轻人都知道鱼贯排队，他们的父母也会不再攘臂抢先。如果年轻人不牵着狗在人行道上遗矢，他们的父母也许不好意思到处吐痰。种种无言之教，影响很大，父母教育儿女，儿女也教育父母，有些事情是需要解释的，例如：中年发福不是好现象，要防止血压高，要注意胆固醇等等。

有些父母在行为上犯有错误，甚至恶性重大不堪造就，为人子者也负有教育的责任。子曰："事父母，几谏；见志不从，又敬而不违，劳而不怨。"这就是说，父母有错，要委婉劝告，不可不管；他不听，也不可放弃不管，更不可怨恨。当然，更不可以体罚。看父母那副孱弱的样子，不足以当尊拳。

钱的教育

  《乌托邦》的作者告诉我们说,在理想的国里,小孩子拿金钱当做玩具,孩子们可以由性的大把地抓钱,顺手丢来丢去的玩。其用意在使孩子把金钱看成司空见惯的东西,久之便会觉得金钱这东西稀松平常,长大了之后自然也就不会过分的重视金钱,贪吝的毛病也就可以不至于犯了。这理想恐怕终归是个理想吧?小孩子没有不喜欢耍枪弄棒的,长大之后更容易培养出尚武的精神;小孩子没有不喜欢飞机模型的,长大之后很可能对航空发生很大的兴趣。所以幼习俎豆,长大便成圣贤,这种故事不能不说有几分道理。小时候在钱堆里打滚,大了便不爱钱,这道理我却不敢深信。

  事实上一般小孩子们所受的关于钱的教育,都是培养他对于钱的爱好。我们小时候,玩的不是钱,而常常是装钱的扑满。门口过来了一个小贩,吆喝着:"小盆儿啊小罐儿啊!"往往不经我们的请求,大人就给买一个瓦制的小扑满。大人告诉我们把钱一个个的放进那个小孔里面,积着,积着,积满了之后扑的一声摔碎,便可以有笔大钱。那一笔钱做什么用?从来没有人告诉我们。以我个人而论,我拿到一个扑满之后,我却是被这个古怪的玩意所诱惑了,觉得怪有趣的,恨不得能立刻把它填满,我憧憬着将来有一天摔碎它时的那种快乐。我手里难得有钱,钱是在父亲屋里的大木柜里锁着的, 我手里的钱只有三种来源:一是过年时的压岁钱,或是客人来时给的红纸包的钱;一是自己生辰家里长辈给的钱; 一是从每日点心费里积攒下来的节余。有一点儿富余的钱,便急忙投进扑满,当的一声,怪好玩儿的。起初我对于这小小的储蓄银行很感兴趣, 不时地取出来摇摇,从那个小孔往里面窥看。但是不久我就恍然,我是被骗了,因为我在想买冰糖葫芦或是糯米藕的时候,才明白那扑满里的钱是无法取出来用的,那窟窿太小,倒是倒不出来,用刀子拨也拨不出来,要摔又不敢,我开始明白这不是一个玩具,这是一个强迫储蓄的一种陷阱。金钱这东西为什么是那样的宝贵,必须如此周密的储藏起来呢?扑满并没有给我养成储蓄的美德,它反倒帮助我对于钱发生一种神秘的感觉。

有人主张绝对不给孩子们任何零钱,一切糖果玩具都已准备齐全,当然无从令孩子们去学习挥霍的本领。铜臭是越晚沾染人的双手越好。可是这种办法也有时效的限制,一离开家之后任何孩子都会立刻感觉到钱的重要。我小的时候,每天上学口袋里放两个铜板, 到学校可以买两套烧饼油条做早点吃,我本来也没有别的其他欲望。但是过了两天,学校门口来了一个卖糯米藕的小贩,围了一圈的小顾客,我挤进去一看,那小贩正在一片一片地切着一橛赭中带紫的东西,像是藕,可是孔里又塞着东西,切好之后浇一小勺红糖汁和一小勺桂花,令人馋涎欲滴!我咽了一口唾沫之后退出来了。第二天仗着胆子去买一碟尝尝,却料不到起码要四个铜板才肯卖。我忍了两天没吃早点换到了一碟这个无名的美味。这是我有生以来第一次感觉到钱的用处,第一次感觉到没有钱的苦处。我相当的了解了钱的神秘。

　　钱的用处比较容易明白,钱从什么地方来,便比较难以了解。父母的柜子里、皮包里,不断的有钱的补充。但是从哪里来的呢?有人主张用实验的方法教导孩子:不工作便没有钱。于是他们鼓励孩子们服务,按服务的多寡优劣而付给报酬。芟除庭草,一角钱;汲水浇花,一角钱;看家费,一角钱;投邮费,一角钱……这种办法有好处,可以让孩子知道钱不是白给的,是劳动换来的。但是也有流弊,"没有钱便不工作"。我看见过很多人家的孩子,不给钱便不肯写每天一页的大字,不给钱便死抱着桌腿不肯上学,不给钱便撒泼打滚不给你一刻安静的工夫去睡午觉。这样,钱的报酬的功用已经变成为贿赂的功用了!"没有钱便不工作",这原则并不错,不过在家庭里应用起来,便抹煞了人与人之间的情分,似乎是太早的戕贼了人的性灵了。

　　如果把钱的教育写成一本大书,我想也不过是上下两卷,上卷是钱怎样来，下卷是钱怎样去。

钱怎样来，只能由上一辈的人做一个榜样给下一辈的人看。示范的作用很大，孩子们无须很早的就实习。如果一个人的人生观和宇宙观都是从钱的方孔里望出去的，我相信他的孩子们一定会有一套拜金主义的心理。如果一个人用各种欺骗舞弊的方法把钱弄到家里而并不脸红，而且洋洋得意的自诩为能，甚而给孩子们也分润一点儿油水，我想这也就是很有效的一种教育，孩子长大必定也会有从政经商的全副的本领。所谓家学渊源，在这一方面也应用得上。讲到钱的去处，孩子们的意见永远不会和上一辈的相同，年轻人总觉得父母把钱系在肋骨上，每个大钱拿下来都是血淋淋的。钱永远没有足够的时候。正当的用钱的方法，是可以从小就加以训练的。有人主张，一个家庭的经济应该对孩子们公开，月底召开一次家庭会议，懂事的孩子们全都到席，家长报告账目和预算，让大家公开讨论。在这民主的形式之下，孩子们会养成一种自尊。大姐姐本来吵着买大衣，结果会自动放弃，移做弟弟妹妹买皮鞋用，大哥哥本来争着要置自行车，结果也会自动放弃，移做冬天买煤之用。这是良好习惯的养成。钱用在比较最需要的地方去。钱不但满足自己的物质的需要，钱还要顾及自己的内心的平安。这样的用钱的方法，值得一试。孩子们不一定永远是接受命令，他也可以理解。

幸灾乐祸

有人问"幸灾乐祸"一语,如何英译。英语中好像没有现成的字辞可用,只好累赘一些译其大意。德文里有一个字,schadenfreud,似尚妥切,schaden,是灾祸,freud是乐,看到别人的灾祸而引以为乐。

"幸灾乐祸"一语出自《左传·僖公十四年》:"背施无亲,幸灾不仁",及庄公二十:"歌舞不倦,是乐祸也。"原说的是国与国之间的关系,现在人与人之间也常使用这个成语,表示同情心之缺乏,甚至冷酷自私的态度。

其实,幸灾乐祸不一定是某个人品行上的缺点,实在是人性某方面的通性之一。人在内心上很少不幸灾乐祸的。有人明白的表示了出来,有人把它藏在心里,秘而不宣,有人很快的消除这种心理,进而表示出悲天悯人慷慨大方的态度。

最近报上有这样一段新闻:

……违建户大火,烈焰映红了半边天,也映出了两种截然不同的心态。

在火场邻近的屋顶上，挤满了人。左边的消防人员手拿送水带，卖力地想要将火尽速扑灭。一名队员还从屋顶上摔下来，幸而只受轻伤。

右边的一群人却"隔岸观火"，有几个还悠闲地蹲坐下来。别人的灾难竟被他们当成热闹好戏。

旁边附刊了照片，可惜模糊了一点，没有显示出……那几位"悠闲地蹲坐下来"的先生们的面目。祝融为虐，照例有人看热闹，除非那一火起自或烧到你自己的家宅，那时候那一场热闹就只好留给别人看。不过我有一点疑问：假使离府上相当远的地方发生火警，不论是违章建筑还是高楼大厦，浓烟直冒，火舌四伸，消防队的救火车纷纷到来施救，居民忙着抢搬家私，现场一片混乱，这时节，你怎么办？当然你不会去趁火打劫。你也不会若无其事的闭门家中坐。你是否要提着一铅铁桶水前去帮着施救呢？你不会这样做，人家也不准你这样做，这样做只有越帮越忙，而且无济于事。遇到此等事，只好交给消防队去处理，闲杂人等请站开。站开了看是可以，爬到屋顶上看也可以，如果你不怕摔下来。千万不可站累了蹲下来坐着看，因为蹲坐表示"悠闲"，人家有灾难，你怎么可以悠闲看热闹？悠闲的看热闹便至少有隔岸观火之嫌。如果你心里想"这火势怎么这样小"，或"这场火怎么这样就扑灭了"，那你就是十足的幸灾乐祸了。

我看过几场大火。第一次是在民元，北京兵变火烧东安市场。市场离我家不远，隔一条大街，火势映红了半边天，那时候我还小，童子何知，躬逢巨劫。我当时只觉得恐怖，只觉得那么多好吃好玩的物资付之一炬，太可惜了。第二次看到大火是在重庆遭遇五四大轰炸，我逃难到海棠溪沙洲上，坐卧在沙滩上仰观重庆闹区火光冲天，还听得一阵阵爆竹响（因为房屋多为竹制），真个的是隔岸观火，心里充满了悲愤。又一次观火是在北碚的一个夏天，晚饭后照例搬出两张沙发放在门前平台上，啜茗乘凉。忽然看见对面半山腰上有房屋起火，先是一缕炊烟似的慢慢升起，俄而变成黑黑的一股烽燧狼烟，终乃演成焰焰大火。我坐下来，一面品茗，一面隔着一个山谷观火。非观不可，难道闭起眼睛非礼勿视？而且非悠闲不可，难道要顿足太息，或是双手合十，口呼"善哉！善哉！"

有时候听说舟车飞机发生意外，多人殉亡，而自己阴差阳错偏偏临时因故改变行程，没有参加那一班要命的行旅，不免私下庆幸。这不是幸灾乐祸。对于那些在劫难逃的人，纵不恫伤，至少总有一些同情。对于自己的侥幸，当然大为高兴，但是这一团高兴并非建立在别人的痛苦之上。法国十七世纪的作家拉饶施福谷（La Rochefoucauh）的《箴言集》里有这样的一句名言："在我们的至交的灾难中，我们会发现一点点并不使我们不高兴的东西。"（"Dams I'adversite de nos meilleurs amis noust rouvons quelque chose，qui ne nous deplaist pas."）。这一点点并不使我们不高兴的东西，就是我们才说到的那种侥幸心理吧？

灾难如果发生在我们的敌人头上，我们很难不幸灾乐祸。

民国三十四年两颗原子弹投落在广岛、长崎，造成很大的伤害，当时饱尝日寇荼毒的我国民众几乎没有不欢欣鼓舞的，认为那是天公地道的膺惩。想想日军在南京的大屠杀，在珍珠港的偷袭，他们不该付出一点代价么？此之谓自作孽，不可活。也许有人以为我们应该如曾子所说的"哀矜而勿喜"，可是那种修养是很难得的。

旁若无人

在电影院里，我们大概都常遇到一种不愉快的经验。在你聚精会神的静坐着看电影的时候，会忽然觉得身下坐着的椅子颤动起来，动得很匀，不至于把你从座位里掀出去，动得很促，不至于把你颠摇入睡，颤动之快慢急徐，恰好令你觉得他讨厌。大概是轻微地震罢？左右探察震源，忽然又不颤动了。在你刚收起心来继续看电影的时候，颤动又来了。如果下决心寻找震源，不久就可以发现，毛病大概是出在附近的一位先生的大腿上。他的足尖踏在前排椅撑上，绷足了劲，利用腿筋的弹性，很优游的在那里发抖。如果这拘挛性的动作是由于羊癫疯一类的病症的暴发，我们要原谅他，但是不像，他嘴里并不吐白沫。看样子也不像是神经衰弱，他的动作是能收能发的，时作时歇，指挥如意。若说他是有意使前后左右两排座客不得安生，却也不然。全是陌生人无仇无恨，我们站在被害人的立场上看，这种变态行为只有一种解释，那便是他的意志过于集中，忘记旁边还有别人，换言之，便是"旁若无人"的态度。

"旁若无人"的精神表现在日常行为上者不只一端。例如欠伸,原是常事,"气乏则欠,体倦则伸。"但是在稠人广众之中,张开血盆巨口,作吃人状,把口里的獠牙显露出来,再加上伸胳臂伸腿如演太极,那样子就不免吓人。有人打哈欠还带音乐的,其声呜呜然,如吹号角,如鸣警报,如猿啼,如鹤唳,音容并茂,《礼记》:"侍坐于君子,君子欠伸,撰杖屦,视日蚤莫,侍坐者请出矣。"是欠伸合于古礼,但亦以"君子"为限,平民岂可援引,对人伸胳臂张嘴,纵不吓人,至少令人觉得你是在逐客,或是表示你自己不能管制你自己的肢体。

　　邻居有叟,平常不大回家,每次归来必令我闻知。清晨有三声喷嚏,不只是清脆,而且宏亮,中气充沛,根据那声音之响我揣测必有异物入鼻,或是有人插入纸捻,那声音撞击在脸盆之上有金石声!随后是大排场的漱口,真是排山倒海,犹如骨鲠在喉,又似苍蝇下咽。

　　再随后是三餐的饱嗝,一串串的嗝声,像是下水道不甚畅通的样子。可惜隔着墙没能看见他剔牙,否则那一份刮垢磨光的钻探工程,场面也不会太小。

　　这一切"旁若无人"的表演究竟是偶然突发事件,经常令人困恼的乃是高声谈话。在喊救命的时候,声音当然不嫌其大,除非是脖子被人踩在脚底下,但是普通的谈话似乎可以令人听见为度,而无需一定要力竭声嘶的去振聋发聩。生理学告诉我们,发音的器官是很复杂的,说话一分钟要有九百个动作,有一百块筋肉在弛张,但是大多数人似乎还嫌不足,恨不得嘴上再长一个扩大器。有个外国人疑心我们国人的耳鼓生得异样,那层膜许是特别厚,非扯着脖子喊不能听见,所以说话总是像打架。这批评有多少真理,我不知道。不过我们国人会嚷的本领,是谁也不能否认的。电影场里电灯初灭的时候,总有几声"嗳哟,小三儿,你在哪儿啦?"在戏院里,演员像是演哑剧,大锣大鼓之声依稀可闻,主要的声音是观众鼎沸,令人感觉好像是置身蛙塘。在旅馆里,好像前后左右都是庙会,不到夜深休想安眠,安眠之后难免没有响皮底的大皮靴,毫无惭愧的在你门前踱来踱去。天未大亮,又有各种市声前来侵扰。一个人大声说话,是本能;小声说话,是文明。以动物而论,狮吼,狼嗥,虎啸,驴鸣,犬吠,即是小如促织蚯蚓,声音都不算小,都不会像人似的有时候也会低声说话。大概文明程度愈高,说话愈不以声大见长。群居的习惯愈久,愈不容易存留"旁若无人"的幻觉。我们以农立国,乡间地旷人稀,畎亩阡陌之间,低声说一句"早安"是不济事的,必得扯长了脖子喊一声"你吃过饭啦?"可怪的是,在人烟稠密的所在,人的喉咙还是不能缩小。更可异的是,纸驴嗓,破锣嗓,喇叭嗓,公鸡嗓,并不被一般的认为是缺陷,而且麻衣相法还公然的说,声音洪亮者主贵!

叔本华有一段寓言:

一群豪猪在一个寒冷的冬天挤在一起取暖;但是他们的刺毛开始互相击刺,于是不得不分散开。可是寒冷又把他们驱在一起,于是同样的事故又发生了。最后,经过几番的聚散,他们发现最好是彼此保持相当的距离。同样的,群居的需要使得人形的豪猪聚在一起,只是他们本性中的带刺的令人不快的刺毛使得彼此厌恶。他们最后发现的使彼此可以相安的那个距离,便是那一套礼貌;凡违犯礼貌者便要受严词警告——用英语来说——请保持相当距离。用这方法,彼此取暖的需要只是相当的满足了;可是彼此可以不至互刺。自己有些暖气的人情愿走得远远的,既不刺人,又可不受人刺。

逃避不是办法。我们只是希望人形的豪猪时常地提醒自己:这世界上除了自己还有别人,人形的豪猪既不止我一个,最好是把自己的大大小小的刺毛收敛一下,不必像孔雀开屏似的把自己的刺毛都尽量地伸张。

了生死

　　信佛的人往往要出家。出家所为何来?据说是为了一大事因缘,那就是要"了生死"。在家修行,其终极目的也是为了要"了生死"。生死是一件事,有生即有死,有死方有生,"了"即是"了断"之意。生死流转,循还不已,是为轮回,人在轮回之中,纵不堕入恶趣,生老病死四苦煎熬亦无乐趣可言。所以信佛的人要了生死,超出轮回,证无生法忍。出家不过是一个手段,习静也不过是一个手段。

　　但是生死果然能够了断么?我常想,生不知所从来,死不知何处去,生非甘心,死非情愿,所谓人生只是生死之间短短的一概。这种看法正是佛家所说"分段苦"。我们所能实际了解的也正是这样。波斯诗人峨谟伽耶姆的四行诗恰好说出了我们的感觉:

Into this universe, and why not knowing,

Nor whence, like water willy—nilly flowing;

And out of it, as wind along the waste,

I know not whither, willy—nilly blowing.

不知为什么，亦不知来自何方，

就来到这世界，像水之不自主的流；

而且离了这世界，不知向哪里去，

像风在原野，不自主的吹。

"我来如流水，去如风"，这是诗人对人生的体会。所谓生死，不了断亦自然了断，我们是无能为力的。我们来到这世界，并未经我们同意，我们离开这世界，也将不经我们同意。我们是被动的。

人死了之后是不是万事皆空呢?死了之后是不是还有生活呢?死了之后是不是还有轮回呢?我只能说不知道。使哈姆雷特踌躇不决的也正是这一段疑情。按照佛家的学说，"断灭相"决非正知解。一切的宗教都强调死后的生活，佛教则特别强调轮回。我看世间一切有情，是有一个新陈代谢的法则，是有遗传嬗递的迹象，人恐怕也不是例外，长江后浪推前浪，一代新人代旧人，如是而已。又看佛书记载轮回的故事，大抵荒诞不经，可供谈助，兼资劝世，是否真有其事殆不可考。如果轮回之说尚难证实，则所谓了生死之说也只是可望不可即的一个理想了。

我承认佛家了生死之说是一崇高理想。为了希望达到这个理想,佛教徒制定许多戒律,所谓根本五戒,沙弥十戒,比丘二百五十戒,这还都是所谓"事戒",菩萨十重四十八轻戒之"性戒"尚不在内。这些戒律都是要我们在此生此世来身体力行的。能彻底实行戒律的人方有希望达到"外息诸缘,内心无喘"的境界。只有切实的克制情欲,方能逐渐的做到"情枯智讫"的功夫。所有的宗教无不强调克己的修养,斩断情根,裂破俗网,然后才能湛然寂静,明心见性。就是佛教所斥为外道的种种苦行,也无非是戒的意思,不过做得过分了些。中古基督教也有许多不近人情的苦修方法。凡是宗教都是要人收敛内心截除欲念。就是伦理的哲学家,也无不倡导多多少少的克己的苦行。折磨肉体,以解放心灵,这道理是可以理解的。但是以爱根为生死之源,而且自无始以来因积业而生死流转,非斩断爱根无以了生死,这一番道理便比较的难以实证了。此生此世持戒,此生此世受福,死后如何,来世如何,便渺茫难言了。我对于在家修行的和出家修行的人们有无上的敬意。由于他们的参禅看教,福慧双修,我不怀疑他们有在此生此世证无生法忍的可能,但是离开此生此世之后是否即能往生净土,我很怀疑。这净土,像其他的被人描写过的天堂一样,未必存在。如果它是存在,只是存在于我们的心里。

　　西方斯多亚派哲学家所谓个人的灵魂于死后重复融合到宇宙的灵魂里去,其种种信念也无非是要人于临死之际不生恐惧,那说法虽然简陋,却是不落言筌。蒙田说:"学习哲学即是学习如何去死。"如果了生死即是了解生死之谜,从而获致大智大勇,心地光明,无所恐惧,我相信那是可以办到的。所以在我的心目中,宗教家乃是最富理想而又最重实践的哲学家。至于了断生死之说,则我自惭劣钝,目前只能存疑。

谈友谊

朋友居五伦之末,其实朋友是极重要的一伦。所谓友谊实即人与人之间的一种良好的关系,其中包括了解、欣赏、信任、容忍、牺牲……诸多美德。如果以友谊作基础,则其他的各种关系如父子、夫妇、兄弟之类均可圆满的建立起来。当然父子、兄弟是无可选择的永久关系,夫妇虽有选择余地,但一经结合便以不再仳离为原则,而朋友则是有聚有散可合可分的。不过,说穿了,父子、夫妇、兄弟都是朋友关系,不过形式性质稍有不同罢了。严格地讲,凡是充分具备一个好朋友的条件的人,他一定也是一个好父亲、好儿子、好丈夫、好妻子、好哥哥、好弟弟。反过来亦然。

我们的古圣先贤对于交友一端是甚为注重的。《论语》里面关于交友的话很多,在西方亦是如此。罗马的西塞罗有一篇著名的《论友谊》。法国的蒙田、英国的培根、美国的爱默生都有论友谊的文章。我觉得近代的作家在这个题目上似乎不大肯费笔墨了。这是不是叔季之世友谊没落的象征呢?我不敢说。

古之所谓"刎颈交"，陈义过高，非常人所能企及。如Damon与Pythias，Daived与Jonathan，怕也只是传说中的美谈罢。就是把友谊的标准降低一些，真正能称得起朋友的还是很难得。试想一想，如有银钱经手的事，你信得过的朋友能有几人？在你蹭蹬失意或疾病患难之中还肯登门拜访乃至雪中送炭的朋友又有几人？你出门在外之际对于你的妻室弱媳肯加照顾而又不照顾得太多者又有几人？再退一步，平素投桃报李，莫逆于心，能维持长久于不坠者，又有几人？总角之交，如无特别利害关系以为维系，恐怕很难在若干年后不变成为路人。富兰克林说："有三个朋友是最忠实可靠的——老妻，老狗和现款。"妙的是这三个朋友都不是朋友。倒是亚里士多德的一句话最干脆："我的朋友们啊！世界上根本没有朋友。"这句话近于愤世嫉俗，事实上世界里还是有朋友的，不过虽然无需打着灯笼去找，却是像沙里淘金而且还需要长时间的洗炼。一旦真铸成了友谊，便会金石同坚，永不退转。

大抵物以类聚，人以群分。臭味相投，方能永以为好。交朋友也讲究门当户对，纵不必像九品中正那么严格，也自然有个界线。"同学少年多不贱，五陵裘马自轻肥"，于"自轻肥"之余还能对着往日的旧游而不把眼睛移到眉毛上边去么？汉光武容许严子陵把他的大腿压在自己的肚子上，固然是雅量可风，但是严子陵之毅然决然地归隐于富春山，则尤为知趣。朱洪武写信给他的一位朋友说："朱元璋做了皇帝，朱元璋还是朱元璋……"话自管说得很漂亮,看看他后来之诛戮功臣,也就不免令人心悸。人的身心构造原是一样的,但是一入宦途,可能发生突变。孔子说,"无友不如己者"。我想一来只是指品学而言,二来只是说不要结交比自己坏的,并没有说一定要我们去高攀。友谊需要两造,假如双方都想结交比自己好的,那就永远交不起来。

好像是王尔德说过,"一个男人与一个女人之间是不可能有友谊存在的。"就一般而论,这话是对的,因为男女之间如有深厚的友谊,那友谊容易变质,如果不是心心相印,那又算不得是友谊。过犹不及,那分际是很难把握的。忘年交倒是可能的。祢衡年未二十,孔融年已五十,便相交友,这样的例子史不绝书。但似乎以同性为限。并且以我所知,忘年交之形成固有赖于兴趣之相近与互相之器赏,但年长的一方面多少需要保持一点童心,年幼的一方面多少需要显着几分老成。老气横秋则令人望而生畏,轻薄儇佻则人且避之若浼。单身的人容易交朋友,因为他的情感无所寄托,漂泊流离之中最需要一个一倾积愫的对象,可是等到他有红袖添香稚子候门的时候,心境就不同了。

"君子之交淡若水",因为淡所以不腻,才能持久。"与朋友交,久而敬之。"敬也就是保持距离,也就是防止过分的亲昵。不过"狎而敬之"是很难的。最要注意的是,友谊不可透支,总要保留几分。Mark Twain说:"神圣的友谊之情,其性质是如此的甜蜜、稳定、忠实、持久。可以终身不渝,如果不开口向你借钱。"这真是慨乎言之。朋友本有通财之谊,但这是何等微妙的一件事!世上最难忘的事是借出去的钱,一般认为最倒霉的事又莫过于还钱。一牵涉到钱,恩怨便很难清算得清楚,多少成长中的友谊都被这阿堵物所戕害!

规劝乃是朋友中间应有之义,但是谈何容易。名利场中,沆瀣一气,自己都难以明辨是非,哪有余力规劝别人?而在对方则又良药苦口忠言逆耳,谁又愿意让别人批他的逆鳞?规劝不可当着第三者的面前行之,以免伤他的颜面,不可在他情绪不宁时行之,以免逢彼之怒。孔子说:"忠告而善道之,不可则止。"我总以为劝善规过是友谊的消极的作用。友谊之乐是积极的。只有神仙与野兽才喜欢孤独,人是要朋友的。"假如一个人独自升天,看见宇宙的大观,群星的美丽,他并不能感到快乐,他必要找到一个人向他述说他所见的奇景,他才能快乐。"共享快乐,比共受患难,应该是更正常的友谊中的趣味。

说　俭

　　俭是我们中国的一项传统的美德。老子说他有三宝,其中之一就是"俭","俭故能广"。《易·否》:"君子以俭德辟难。"《书·太甲上》:"慎乃俭德,唯怀永图。"《墨子·辞过》:"俭节则昌,淫逸则亡。"都是说俭才能使人有远大的前途,长久的打算,安稳的生活,古训昭然,不需辞费。读书人尤其喜欢以俭约自持,纵然显达,亦不欲稍涉骄溢,极端的例如正考父为上卿,饘粥以糊口,公孙弘位在三公,犹为布被,历史上都传为美谈。大概读书知礼之人,富在内心,应不以处境不同而改易其操守。佛家说法,七情六欲都要斩尽杀绝,俭更不成其为问题。所以,无论从哪一种伦理学说来看,俭都是极重要的一宗美德,所谓"俭,德之共也"就是这个意思。不过,理想自理想,事实自事实,侈靡之风亦不自今日始。一千年前的司马温公在他著名的《训俭示康》一文里,对于当时的风俗奢侈即已深致不满。"走卒类士服,农夫蹑丝履",他认为是怪事。士大夫随俗而靡,他更认为可异。可见美德自美德,能实践的人大概不多。也许正因为风俗奢侈,所以这一项美德才有不时的标出的必要。

在西洋,情形好像是稍有不同。柏拉图的《共和国》,列举"四大美德"(Cardinal Virtues),而俭不在其内,后来罗马天主教会补列三大美德,俭亦不包括在内。当然基督教主张生活节约,这是众所熟知的。有人问Thomas à Kempis(《效法基督》的作者):"你是过来人,请问和平在什么地方?"他回答说:"在贫穷、在退隐、在与上帝同在。"不过这只是为修道之士说法,其境界不是一般人所能企及的。西洋哲学的主要领域是它的形而上学部分,伦理学不是主要部分,这是和我们中国传统迥异其趣的。所以在西洋,俭的观念一向是很淡薄的。

西洋近代工业发达,人民生活水准亦因之而普遍提高。物质享受方面,以美国为最。美国是个年轻的国家,得天独厚,地大物博,人口稀少,秉承了欧洲近代文明的背景,而又特富开拓创造的精神,所以人民生活特别富饶,根本没有"饥荒心理"存在。美国人只要勤,并不要俭。有一分勤劳,即有一分收获;有一分收获,即有一分享受。美国的《独立宣言》明白道出其立国的目标之一是"追求幸福",物质方面的享受当然是人生幸福中的一部分。"一箪食,一瓢饮",在我们看是君子安贫乐道的表现,在美国人看是落伍的理想,至少是中古的禁欲派的行径。美国人不但要尽量享受,而且要尽量设法提前享受,分期付款制度的畅行,几乎使得人人经常的负上债务。

奢与俭本无明确界限,在某一时某一地并无亏于俭德之事,在另一时另一地即可构成奢侈行为。我们中国地大而物不博,人多而生产少,生活方式仍宜力持俭约。像美国人那样的生活方式,固可羡慕,但是不可立即模仿。

脸　谱

　　我要说的脸谱不是旧剧里的所谓"整脸""碎脸""三块瓦"之类，也不是麻衣相法里所谓观人八法"威、厚、清、古、孤、薄、恶、俗"之类。我要谈的脸谱乃是每天都要映入我们眼帘的形形色色的活人的脸。旧戏脸谱和麻衣相法的脸谱，那乃是一些聪明人从无数活人脸中归纳出来的几个类型公式，都是第二手的资料，可以不管。

　　古人云"人心不同，各如其面"，那意思承认人面不同是不成问题的。我们不能不叹服人类创造者的技巧的神奇，差不多的五官七窍，但是部位配合，变化无穷，比七巧板复杂多了。对于什么事都讲究"统一""标准化"的人，看见人的脸如此复杂离奇，恐怕也无法训练改造，只好由它自然发展罢？假使每一个人的脸都像是从一个模子里翻出来的，一律的浓眉大眼，一律的虎额隆准，在排起队来检阅的时候固然甚为壮观整齐，但不便之处必定太多，那是不可想象的。

　　人的脸究竟是同中有异，异中有同，否则也就无所谓谱。就粗浅的经验说，人的脸大致为二种，一种是令人愉快的，一种是令人不愉快的。凡是常态的，健康的，活泼的脸，都是令人愉快的，这样的脸并不多见。令人不愉快的脸，心里有一点或很多不痛快的事，很自然地把脸拉长一尺，或是罩上一层阴霾，但是这张脸立刻形成人与人之间的隔阂，立刻把这周围的气氛变得阴沉。假如，在可能范围之内，努力把脸上的筋肉松弛一下，嘴角上挂出一个微笑，自己费力不多，而给予人的快感甚大，可以使得这人生更值得留恋一些。我永不能忘记那永长不大的孩子潘彼得，他嘴角上永远挂着一颗微笑，那是永恒的象征。一个成年人若是完全保持一张孩子脸，那也并不是理想的事，除了给"婴儿自己药片"作商标之外，也不见得有什么用处。不过赤子之天真，如在脸上还保留一点痕迹，这张脸对于人类的幸福是有贡献的。令人愉快的脸，其本身是愉快的，这与老幼妍媸无关。丑一点，黑一点，下巴长一点，鼻梁塌一点，都没有关系，只要上面漾着充沛的活力，便能辐射出神奇的光彩，不但有光，还有热，这样的脸能使满室生春，带给人们兴奋、光明、调谐、希望、欢欣。一张眉清目秀的脸，如果恹恹生气，我们也只好当做石膏像来看待了。

我觉得那是一个很好的游戏：早起出门，留心观察眼前活动的脸，看看其中有多少类型，有几张使你看了一眼之后还想再看？

不要以为一个人只有一张脸。女人不必说，常常"上帝给她一张脸,她自己另造一张"。不涂脂粉的男人的脸,也有"卷帘"一格,外面摆着一副面孔,在适当的时候呱嗒一声如帘子一般卷起,另露出一副面孔。《杰克博士与海德先生》(*Dr. Jekyll and Mr.Hyde*)那不是寓言。误入仕途的人往往养成这一套本领。对下司道貌岸然,或是面部无表情,像一张白纸似的,使你无从观色,莫测高深,或是面皮绷得像一张皮鼓,脸拉得驴般长,使你在他面前觉得矮好几尺!但是他一旦见到上司,驴脸得立刻缩短,再往瘪里一缩,马上变成柿饼脸,堆下笑容,直线条全变成曲线条,如果见到更高的上司,连笑容都凝结得堆不下来,未开言嘴唇要抖上好大一阵,脸上做出十足的诚惶诚恐之状。帘子脸是傲下媚上的主要工具,对于某一种人是少不得的。

不要以为脸和身体其他部分一样地受之父母,自己负不得责。不,在相当范围内,自己可以负责的,大概人的脸生来都是和善的,因为从婴儿的脸看来,不必一定都是颜如渥丹,但是大概都是天真无邪,令人看了喜欢的。我还没见过一个孩子带着一副不得善终的脸,脸都是后来自己作践坏了的,人们多半不体会自己的脸对于别人发生多大的影响。脸是到处都有的。在送殡的行列中偶然发现的哭丧脸,作讣闻纸色,眼睛肿得桃儿似的,固然难看。一行行的囚首垢面的人,如稻草人,如丧家犬,脸上作黄蜡色,像是才从牢狱里出来,又像是要到牢狱里去,凸着两只没有神的大眼睛,看着也令人心酸。还有一大群心地不够薄脸皮不够厚的人,满脸泛着平价米色,嘴角上也许还沾着一点平价油,身穿着一件平价布,一脸的愁苦,没有一丝的笑容,这样的脸是颇令人不快的。但是这些贫病愁苦的脸还不算是最令人不愉快,因为只是消极得令人心里堵得慌,而且稍微增加一些营养(如肉糜之类)或改善一些环境,脸上的神情还可以渐渐恢复常态。最令人不快的是一些本来吃得饱,睡得着,红光满面的脸,偏偏带着一股肃杀之气,冷森森地拒人千里之外,看你的时候眼皮都不抬,嘴撇得瓢儿似的,冷不防抬起眼皮给你一个白眼,黑眼球不知翻到哪里去了,脖梗子发硬,脑壳朝天,眉头皱出好几道熨斗都熨不平的深沟——这样的神情最容易在官办的业务机关的柜台后面出现。遇见这样的人,我就觉得惶惑:这个人是不是昨天赌了一夜以致睡眠不足,或是接连着腹泻了三天,或是新近遭遇了什么冥凶,否则何以乖戾至此,连一张脸的常态都不能维持了呢?

生　日

生日年年有，而且人人有，所以不希罕。

谁也自己不会知道自己的生日是在哪一天。呱呱坠地之时，谁有闲情逸致去看日历?当时大概只是觉得空气凉，肚子饿，谁还管什么生辰八字?自己的生年月日，都是后来听人说的。

其实生日，一生中只能有一次。因为生命只有一条之故。一条命只能生一回死一回。过三百六十五天只能算是活了一周岁。这年头，活一周年当然不是容易事，尤其是已经活了好几十周岁之后，自己的把握越来越小，感觉到地心吸力越来越大，不知哪一天就要结束他在地面上的生活，所以要庆祝一下也是人情之常。古有上寿之礼，无庆生日之礼。因为生日本身无可庆。西人祝贺之词曰："愿君多过几个快乐的生日。"亦无非是祝寿之意。寿在哪一天祝都是一样。

我们生到世上，全非自愿。佛书以生为十二因缘之一，"从现世善恶之业，从世还于六道四生中受生，是名为生"。糊里糊涂的，神差鬼使的，我们被捉弄到这尘世中来。来的时候，不曾征求我们的同意，将来走的时候，亦不会征求我们的同意。我们是从哪里来的，我们不知道，我们最后到哪里去，我们也不知道。我们所知道的就是这生、老、病、死的一个断片。然而这世界上究竟有的是良辰美景赏心乐事，否则为什么有人老是活不够，甚至要高呼"人生七十才开始"？

到了生日值得欢乐的只有一种人，那就是"万乘之主"。不需要颐指气使，自然有人来山呼万岁，自然有百官上表，自然有人来说什么"一人有庆，兆民赖之"，全不问那个"庆"字是怎么讲法。唐太宗谓长孙无忌曰："某月日是朕生日，世俗皆为欢乐，在朕翻为感伤。"做了皇帝还懂得感伤，实在是很难得，具见人性未泯，不愧为明主，虽然我们不太清楚他感伤的是哪一宗。是否踌躇满志之时，顿生今昔之感？在历史上最后一个辉煌的千秋节该是满清慈禧太后六十大庆在颐和园的那一番铺张，可怜"薄海欢腾"之中听到鼙鼓之声动地来了！

田舍翁过生日，唯一的节目是吃，真是实行"鸡猪鱼蒜，逢箸则吃，生老病死，时至则行"的主张，什么都是假的，唯独吃在肚里是便宜。读莲池大师戒杀文，开篇就说，"一曰生日不宜杀生。哀哀父母，生我劬劳，己身始诞之辰，乃父母垂亡之日也！是日也，正宜戒杀持斋，广行善事，庶使先亡考妣，早获超升，见在椿萱，增延福寿，何得顿忘母难，杀害生灵，上贻累于亲，下不利于己？"虽是蔼然仁者之言，但是不合时尚。祝贺生日的人很少吃下一块覆满蜡油的蛋糕而感到满意的，必须七荤八素的塞满肚皮然后才算礼成。过生日而想到父母，现代人很少有这样的联想力。

年　龄

　　从前看人作序，或是题画，或是写匾，在署名的时候往往特别注明"时年七十有二"、"时年八十有五"或是"时年九十有三"，我就肃然起敬。春秋时人荣启期以为行年九十是人生一乐，我想拥有一大把年纪的人大概是有一种可以在人前夸耀的乐趣。只是当时我离那耄耋之年还差一大截子，不知自己何年何月才有资格在署名的时候也写上年龄。我揣想署名之际写上自己的年龄，那时心情必定是扬扬得意，好像是在宣告："小子们，你们这些黄口小儿，乳臭未干，虽然幸离襁褓，能否达到老夫这样的年龄恐怕尚未可知哩。"须知得意不可忘形，在夸示高龄的时候，未来的岁月已所余无几了。俗语有一句话说："棺材是装死人的，不是装老人的。"话是不错，不过你试把棺盖揭开看看，里面躺着的究竟是以老年人为多。年轻的人将来的岁月尚多，所以我们称他为富于年。人生以年龄计算，多活一年即是少了一年，人到了年促之时，何可夸之有？我现在不复年轻，看人署名附带声明时年若干若干，不再有艳羡之情了。倒是看了富于年的英俊,有时不胜羡慕之至。

裸子植物和双子叶植物,其茎部的细胞因春夏成长秋冬停顿之故而形成所谓年轮,我们可以从而测知其年龄。人没有年轮,而且也不便横切开来察验。人年纪大了常自谦为马齿徒增,也没有人掰开他的嘴巴去看他的牙齿。眼角生出鱼尾纹,脸上遍洒黑斑点,都不一定是老朽的象征。头发的黑白更不足为凭。有人春秋鼎盛而已皓首皤皤,有人已到黄耇之年而顶上犹有"不白之冤",这都是习见之事。不过,岁月不饶人,冒充少年究竟不是容易事。地心的吸力谁也抵抗不住。脸上、颈上、腰上、踝上,连皮带肉的往下坠,虽不至于"载跋其胡",那副龙钟的样子是瞒不了人的。别的部分还可以遮盖起来,面部经常暴露在外,经过几番风雨,多少回风霜,总会留下一些痕迹。

好像有些女人对于脸上的情况较为敏感。眼窝底下挂着两个泡囊,其状实在不雅,必剔除其中的脂肪而后快。两颊松懈,一条条的沟痕直垂到脖子上,下巴底下更是一层层的皮肉堆累,那就只好开刀,把整张的脸皮揪扯上去,像国剧一些演员化装那样,眉毛眼睛一齐上挑,两腮变得较为光滑平坦,皱纹似乎全不见了。此之谓美容、整容,俗称之为拉皮。行拉皮手术的人,都秘不告人,而且讳言其事。所以在饮宴席上,如有面无皱纹的年高名婆在座,不妨含混的称赞她驻颜有术,但是在点菜的时候不宜高声的要鸡丝拉皮。

其实自古以来也有不少男士热衷于驻颜。南朝宋颜延之《庭诰文》:"炼形之家,必就深旷,友飞灵,糇丹石,粒精英,所以还年却老,延华驻采。"道家炼形养元,可以尸解升天,岂只延华驻采?这都是一些姑妄言之的神话。贵为天子的人才真的想要还年却老,千方百计的求那不老的仙丹。看来只有晋孝武帝比较通达事理,他饮酒举杯属长星(即彗星):"长星,劝尔一杯酒,自古何时有万岁天子?"可是一般的天子或近似天子的人都喜欢听人高呼万岁无疆!

除了将要诹吉纳采交换庚帖之外,对于别人的真实年龄根本没有多加探讨的必要。但是我们的习俗,于请教"贵姓"、"大名"、"府上"之后,有时就会问起"贵庚"、"高寿"。有人问我多大年纪,我据实相告"七十八岁了"。他把我上下打量,摇摇头说:"不像,不像,很健康的样子,顶多五十。"好像他比我自己知道得更清楚。那是言不由衷的恭维话,我知道,但是他有意无意的提醒了我刚忘记了的人生四苦。能不能不提年龄,说一些别的,如今天天气之类?

女人的年龄是一大禁忌,不许别人问的。有一位女士很旷达,人问其芳龄,她据实以告:"三十以上,八十以下。"其实人的年龄不大容易隐密,下一番考证功夫,就能找出线索,虽不中亦不远矣。这样做,除了满足好奇心以外,没有多少意义。可是人就是好奇。有一位男士在咖啡厅里邂逅一位女士,在暗暗的灯光之下他实在摸不清对方的年龄,他用臂肘触了我一下,偷偷的在桌下伸出一只巴掌,戟张着五指,低声问我有没有这个数目,我吓了一跳,以为他要借五万块钱,原来他是打听对方芳龄有无半百。我用四个字回答他:"干卿底事?"有一位道行很高的和尚,涅槃的时候据说有一百好几十岁,考证起来聚讼纷纷,据我看,估量女士的年龄不妨从宽,七折八折优待。计算高僧的年龄也不妨从宽，多加三成五成。

　　人到了迟暮，如石火风灯，命在须臾，但是仍不喜欢别人预言他的大限。邱吉尔八十岁过生日，一位冒失的新闻记者有意讨好地说："邱吉尔先生，我今天非常高兴，希望我能再来参加你的九十岁的生日宴。"邱吉尔耸了一下眉毛说："小伙子，我看你身体满健康的，没有理由不能来参加我九十岁的宴会。"胡适之先生素来善于言词，有时也不免说溜了嘴，他六十八岁时候来台湾，在一次欢宴中遇到长他十几岁的齐如山先生，没话找话地说："齐先生，我看你活到九十岁决无问题。"齐先生楞了一下说："我倒有个故事，有一位矍铄老叟，人家恭维他可以活到一百岁，忿然作色曰：'我又不吃你的饭，你为什么限制我的寿数？'"胡先生急忙道歉："我说错了话。"

代　沟

　　代沟是翻译过来的一个比较新的名词,但这个东西是我们古已有之的。自从人有老少之分,老一代与少一代之间就有一道沟,可能是难以飞渡的深沟天堑,也可能是一步迈过的小溪阴沟,总之是其间有个界限。沟这边的人看沟那边的人不顺眼,沟那边的人看沟这边的人不像话,也许吹胡子瞪眼,也许拍桌子卷袖子,也许口出恶声,也许真个的闹出命案,看双方的气质和修养而定。

　　《尚书·无逸》:"相小人,厥父母勤劳稼穑,厥子乃不知稼穑之艰难,乃逸乃谚既诞。否则侮厥父母曰:'昔之人,无闻知'。"这几句话很生动,大概是我们最古的代沟之说的一个例证。大意是说:请看一般小民,做父母的辛苦耕稼,年轻一代不知生活艰难,只知享受放荡,再不就是张口顶撞父母说:"你们这些落伍的人,根本不懂事!"活画出一条沟的两边的人对峙的心理。小孩子嘛,总是贪玩。好逸恶劳,人之天性。只有饱尝艰苦的人,才知道以无逸为戒。做父母的人当初也是少不更事的孩子,代代相仍，历史重演。一代留下一沟，像树身上的年轮一般。

虽说一代一沟，腌臜的情形难免，然大体上相安无事。这就是因为有所谓传统者，把人的某一些观念胶着在一套固定的范畴里。"不以规矩不能成方圆"，大家都守规矩，尤其是年轻的一代。"鞋大鞋小，别走了样子！"小的一代自然不免要憋一肚皮委屈，但是，别忙，"多年的媳妇熬成婆，多年的道路走成河"，转眼间黄口小儿变成了鲐背耇老，又轮到自己唉声叹气，抱怨一肚皮不合时宜了。

我记得我小的时候，早起要跟着姐姐哥哥排队到上房给祖父母请安，像早朝一样的肃穆而紧张，在大柜前面两张二人凳上并排坐下，腿短不能触地，往往甩腿，这是犯大忌的，虽然我始终不知是犯了什么忌。祖父母的眼睛瞪得圆圆的，手指着我们的前后摆动的小腿说："怎么，一点样子都没有！"吓得我们的小腿立刻停摆，我的母亲觉得很没有面子，回到房里着实的数落了我们一番。祖孙之间隔着两条沟，心理上的隔阂如何得免？当时我心里纳闷，我甩腿，干卿底事。我十岁的时候，进了陶氏学堂，领到一身体操时穿的白帆布制服，有亮晶的铜钮扣，裤边还镶贴两条红带，现在回想起来有点滑稽，好像是卖仁丹游街宣传的乐队，那时却扬扬自得，满心欢喜的回家，没想到赢得的是一头雾水，"好呀！我还没死，就先穿起孝衣来了！"我触了白色的禁忌。出殡的时候，灵前是有两排穿白衣的"孝男儿"，口里模仿嚎丧的哇哇叫。此后每逢体操课后回家，先在门洞脱衣，换上长褂,卷起裤筒。稍后,我进了清华,看见有人穿白帆布橡皮底的网球鞋,心羡不已,于是也从天津邮购了一双,但是始终没敢穿了回家。只求平安少生事,莫在代沟之内起风波。

　　大家庭制度下,公婆儿媳之间的代沟是最鲜明也最凄惨的。儿子自外归来,不能一头扎进闺房,那样做不但公婆瞪眼,所有的人都要竖起眉毛。他一定要先到上房请安,说说笑笑好一大阵,然后公婆(多半是婆)开恩发话:"你回屋里歇歇去吧",儿子奉旨回到阃闱。媳妇不能随后跟进,还要在公婆面前周旋一下,然后公婆再度开恩,"你也去吧",媳妇才能走,慢慢的走。如果媳妇正在院里浣洗衣服,儿子过去帮一下忙,到后院井里用柳罐汲取一两桶水,送过去备用,结果也会召致一顿长辈的唾骂:"你走开,这不是你做的事。"我记得半个多世纪以前,有一对大家庭中的小夫妻,十分的恩爱,夫暴病死,妻觉得在那样家庭中了无生趣,竟服毒以殉。殡殓后,追悼之日政府颁赠匾额曰:"彤管扬芬",女家致送的白布横披曰:"看我门楣!"我们可以听得见代沟的冤魂哭泣,虽然代沟另一边的人还在逞强。

　　以上说的是六七十年前的事。代沟中有小风波,但没有大泛滥。张公艺九代同居,靠了一百多个忍字。其实九代之间就有八条沟,沟下有沟,一代历一代,那一百多个忍字还不是一面倒,多半由下面一代承当。古有明训,能忍自安。

　　五四运动实乃一大变局。新一代的人要造反,不再忍了。有人要"整理国故",管他什么三坟五典八索九丘,都要揪出来重新交付审判。礼教被控吃人，孔家店遭受捣毁的威胁，世世代代留下来的沟要彻底翻腾一下，这下子可把旧一代的人吓坏了。有人提倡读经，有人竭力卫道，但不是远水不救近火，便是只手难挽狂澜。代沟总崩溃，新一代的人如脱缰之马，一直旁出斜逸奔放驰骤到如今。旧一代的人则按照自然法则一批一批的凋谢，填入时代的沟壑。

代沟虽然永久存在，不过其现象可能随时变化。人生的麻烦事，千端万绪，要言之，不外财色两项。关于钱财，年长的一辈多少有一点吝啬的倾向。吝啬并不一定全是缺点。"称财多寡而节用之，富无金藏，贫不假贷，谓之啬。积多不能分人，而厚自养，谓之吝。不能分人，又不能自养，谓之爱。"这是《晏子春秋》的说法。所谓爱，就是守财奴。是有人好像是把孔方兄一个个的穿挂在他的肋骨上，取下一个都是血丝糊拉的。英文俚语，勉强拿出一块钱，叫做"咳出一块钱"，大概也是表示钱是深藏于肺腑，需要用力咳才能跳出来。年轻一代看了这种情形，老大的不以为然，心里想："这真是'昔之人，无闻知'，有钱不用，害得大家受苦，忘记了'一个钱也带不了棺材里去'。"心里有这样的愤懑蕴积，有时候就要发泄。所以，曾经有一个儿子向父亲要五十元零用钱，其父靳而不予，由冷言恶语而拖拖拉拉，儿子比较身手矫健，一把揪住父亲的领带（唉，领带真误事），领带越揪越紧，父亲一口气上不来，一翻白眼，死了。这件案子，按理应刚，基于"心神丧失"的理由，没有刚，在代沟的历史里留下一个悲惨的记录。

人到成年，嘤嘤求偶，这时节不但自己着急，家长更是担心,可是所谓代沟出现了,一方面说这是我的事,你少管,另一方面说传宗接代的大事如何能不过问。一个人究竟是姣好还是寝陋,是端庄还是阴鸷,本来难有定评。"看那样子,长头发、牛仔裤、嬉游浪荡、好吃懒做,大概不是善类。""爬山、露营、打球、跳舞,都是青年的娱乐,难道要我们天天匀出功夫来晨昏定省,膝下承欢?"南辕北辙,越说越远。其实"养儿防老"、"我养你小,你养我老"的观念,现代的人大部分早已不再坚持。羽毛既丰,各奔前程,上下两代能保持朋友一般的关系,可疏可密,岁时存问,相待以礼,岂不甚妙?谁也无需剑拔弩张,放任自己,而诿过于代沟。沟是死的,人是活的!代沟需要沟通,不能像希腊神话中的亚力山大以利剑砍难解之绳结那样容易的一刀两断,因为人终归是人。

快 乐

天下最快乐的事大概莫过于做皇帝。"首出庶物，万国咸宁。"至不济可以生杀予夺，为所欲为。至于后宫粉黛三千，御膳八珍罗列，更是不在话下。清乾隆皇帝，"称八旬之觞，镌十全之宝"，三下江南，附庸风雅。那副志得意满的神情，真是不能不令人兴起"大丈夫当如是也"的感喟。

在穷措大眼里，九五之尊，乐不可支。但是试起古今中外的皇帝于地下，问他们一生中是否全是快乐，答案恐怕相当复杂。西班牙国王拉曼三世（Abder Rahman III，960）说过这么一段话：

"我于胜利与和平之中统治全国约五十年，为臣民所爱戴，为敌人所畏惧，为盟友所尊敬。财富与荣誉，权力与享受，呼之即来，人世间的福祉，从不缺乏。在这情形之中，我曾勤加计算，我一生中纯粹的真正幸福日子，总共仅有十四天。"

御宇五十年，仅得十四天真正幸福日子。我相信他的话，宸谟睿略，日理万机，很可能不如闲云野鹤之怡然自得。于此我又想起从一本英语教科书上读到一篇寓言。题目是"一个快乐人的衬衫"。某国王,端居大内,抑郁寡欢,虽极耳目声色之娱,而王终不乐。左右纷纷献计,有一位大臣言道:如果在国内找到一位快乐的人,把他的衬衫脱下来,给国王穿上,国王就会快乐。王韪其言,于是使者四处寻找快乐的人,访遍了朝廷显要,朱门豪家,人人都有心事,家家都有一本难念的经,都不快乐。最后找到一位农夫,他耕罢在树下乘凉,裸着上身,大汗淋漓。使者问他:"你快乐么?"农夫说:"我自食其力, 无忧无虑! 快乐极了!"使者大喜,便索取他的衬衣。农夫说:"哎呀!我没有衬衣。"这位农夫颇似我们的禅门之"一丝不挂"。

常言道,"境由心生",又说"心本无生因境有"。总之,快乐是一种心理状态。内心湛然,则无往而不乐。吃饭睡觉,稀松平常之事,但是其中大有道理。大珠《顿悟入道要门论》:"有源律师来问:'和尚修道,还用功否?'师曰:'用功。'曰:'如何用功?'师曰:'饥来吃饭,困来即眠。'曰:'一切人总如是, 同师用功否?'师曰:'不同。'曰:'何故不同?'师曰:'他吃饭时不肯吃饭,百种须索,睡时不肯睡,千般计较。所以不同也。'律师杜口。"可是修行到心无挂碍,却不是容易事。我认识一位唯心论的学者,平夙昌言意志自由,忽然被人绑架,系于暗室十有余日,备受凌辱,释出后他对我说:"意志自由固然不诬,但是如今我才知道身体自由更为重要。"常听人说烦恼即菩提,我们凡人遇到烦恼只是深感烦恼,不见菩提。快乐是在心里,不假外求,求即往往不得,转为烦恼。叔本华的哲学是:苦痛乃积极的实在的东西,幸福快乐乃消极的根本不存在的东西。所谓快乐幸福乃是解除苦痛之谓。没有苦痛便是幸福。再进一步看,没有苦痛在先,便没有幸福在后。梁任公先生曾说:"人生最快乐的事,莫过于看着一件工作的完成。"在工作过程之中,有苦恼也有快乐,等到大功告成,那一份"如愿以偿"的快乐便是至高无上的幸福了。

有时候,只要把心胸敞开,快乐也会逼人而来。这个世界,这个人生,有其丑恶的一面,也有其光明的一面。良辰美景,赏心乐事,随处皆是。智者乐水,仁者乐山。雨有雨的趣,晴有晴的妙,小鸟跳跃啄食,猫狗饱食酣睡,哪一样不令人看了觉得快乐?就是在路上,在商店里,在机关里,偶尔遇到一张笑容可掬的脸,能不令人快乐半天?有一回我住进医院里,僵卧了十几天,病愈出院,刚迈出大门,陡见日丽中天,阳光普照,照得我睁不开眼,又见市廛熙攘,光怪陆离,我不由的从心里欢叫起来:"好一个艳丽盛装的世界!"

"幸遇三杯酒美,况逢一朵花新?"我们应该快乐。

沉　默

　　我有一位沉默寡言的朋友。有一回他来看我，嘴边绽出微笑，我知道那就是相见礼，我肃客入座，他欣然就席。我有意要考验他的定力，看他能沉默多久，于是我也打破我的习惯，我也守口如瓶。二人默对，不交一语，壁上的时钟嘀嗒嘀嗒的声音特别响。我忍耐不住，打开一听香烟递过去，他便一支接一支地抽了起来，吧嗒吧嗒之声可闻。我献上一杯茶，他便一口一口的翕呷，左右顾盼，意态萧然。等到茶尽三碗，烟罄半听，主人并未欠伸，客人兴起告辞，自始至终没有一句话。这位朋友，现在已归道山，这一回无言造访，我至今不忘。想不到"闻所闻而来，见所见而去"的那种六朝人的风度，于今之世，尚得见之。

　　明张鼎思《琅琊代醉编》有一段记载："刘器之待制对客多默坐，往往不交一谈，至于终日。客意甚倦，或谓去，辄不听，至留之再三。有问之者，曰：'人能终日危坐，而不欠伸欹侧，盖百无一二，其能之者必贵人也。'以其言试之，人皆验。"可见对客默坐之事，过去亦不乏其例。不过所谓"主贵"之说，倒颇耐人寻味,所谓贵,一定要有一副高不可攀的神情,纵然不拒人千里之外,至少也要令人生莫测高深之感,所以处大居贵之士多半有一种特殊的本领,两眼望天,面部无表情,纵然你问他一句话,他也能听若无闻,不置可否。这样的人,如何能不贵?因为深沉的外貌,正好掩饰内部的空虚,这样的人最宜于摆在庙堂之上。《孔子家语》明明地写着,孔子"入太祖后稷之庙,庙堂右阶之前有金人焉,三缄其口,而铭其背曰:'古之慎言人也。'"这庙堂右阶的金人,不是为市井细民作榜样的。

謇谔之臣,骨鲠在喉,一吐为快,其实他是根本负有诤谏之责,并不是图一时之快。鸡鸣犬吠,各有所司,若有言官而箝口结舌,宁不有愧于鸡犬?至于一般的仁人君子,没有不愤世忧时的,其中大部分恬默无言,但有间或也有"宁鸣而死,不默而生"的人,这样的人可使当世的人为之感喟,为之击节,他不能全名养寿,他只能在将来历史上享受他应得的清誉罢了。在有"不发言的自由"的时候而甘愿放弃这一项自由,这也是个人的自由。在如今这个时代,沉默是最后的一项自由。

有道之士,对于尘劳烦恼早已不放在心上,自然更能欣赏沉默的境界。这种沉默,不是话到嘴边再咽下去,是根本没话可说,所谓"知者不言,言者不知"。世尊在灵山会上,拈花示众,众皆寂然,唯迦叶破颜微笑,这会心微笑胜似千言万语。莲池大师说得好:"世间酽醯醇醴,藏而弥久而弥美者,皆繇封锢牢密不泄气故。古人云,'二十年不开口说话,向后佛也奈何你不得。'

旨哉言乎!"二十年不开口说话,也许要把口闷臭,但是语言道断之后,性水澄清,心珠自现,没有饶舌的必要。基督教Carthusian教派也是以沉默静居为修行法门,经常彼此不许说话。"此中有真意,欲辩已忘言"。

庄子说:"吾安得夫忘言之人,而与之言哉?"现在想找真正懂得沉默的朋友,也不容易了。

敬　老

　　重九那一天，报纸上嚷嚷说要敬老。我记得前几年敬老还有仪式，许多七老八十的人被邀请到大会堂，于敬聆官长致词之后，各得大碗面一碗，呼噜呼噜地当众表演吃面。在某一年，其中有某一位老者，不知是临面欢忻兴奋过度，还是饥火烧肠奋不顾身，竟白眼一翻当场噎死。从此敬老之面因噎废食，改为亲民之官致送礼品。根据《礼记·曲礼》，"七十曰老"，我们这个市里七十以上的达一万七千多位，所以市长纡尊降贵亲自登门送礼致敬的则限于年在百龄以上之人瑞，所以表示殊荣。

　　重九很快地过去，报纸忙着嚷嚷别的节日，谁还能天天敬老？一年一度，适可而止。敬老之事我已淡忘，有一天里干事先生亲自骑着脚踏车送来纸匣装着的饭碗一对，说明这是赠给拙荆的，不错，她今年七十，我还不够资格，我须到明年才能领受饭碗。我接过纸匣。手上并不觉得沉甸甸，知非金碗，当即放心收下。里干事先生掉头而去，我看他脚踏车上后面一大纸箱，里面至少有几十匣饭碗。

这一对饭碗,白白净净,光光溜溜,碗口好像微有起伏不平之状,碗底有英文字样,细辨之则为Chilong China,显然是准备外销或已外销而又被退回的国货。是国货我就喜欢。碗上有两丛兰花,像郑思肖画的露根兰花——不,不是兰花,是稻谷,所谓嘉禾。碗上朱笔写着"五十九年老人节纪念,台北市长高玉树敬赠"。我把玩了一阵,实在舍不得天天捧着使用,只好放在柜橱里什袭藏之。

　　饭碗当然是以纯金制者为最有分量,但是瓷质饭碗也就足够成为吉祥的象征。民以食为天,人最怕的就是没有饭吃,尤其是怕老来没有饭吃。饭碗是吃饭的家伙,先有了饭碗然后才可以进一步往里面装饭。若能把两碗饭装在一只碗里,高高的,凸凸的,吃起来碰鼻头,四川人所谓的"帽儿头",那是人生最高境界。即或碗内常空,或只能装到几分满,令人吃不饱饿不死,也能给人带来一份职业清高的美誉。多少人栖栖皇皇地找饭碗,多少人蝇营狗苟地谋求饭碗,又有多少人战战兢兢地唯恐打破饭碗!

　　老年饱经世变,与人无争,只希望平平安安地有碗饭吃,就心满意足,所以在这时节送上饭碗一对,实在等于是善颂善祷,努力加飱饭,适合国情之至。

　　敬老尊贤四个字是常连用的,其实老未必皆贤,老而不死者比比皆是,贤亦未必皆老,不幸短命死矣的人亦实繁有徒,唯有老而且贤,贤而且老,才真值得受人尊敬。

这种事,大家都宁愿睁一眼闭一眼,不欲苦追求。

百龄人瑞,年年有人拜访,叩问的大率是养生之术,不及其他。可以说是纯敬老。

守 时

　　《史记》五十五留侯世家,记载坯上老人授书张良的故事,甚为生动:"后五日平明,与我会此。良因怪之,跪曰:'诺。'五日平明,良往,父已先至,怒曰:'与老人期,后何也?'去曰:'后五日早会。'五日鸡鸣,良往,父又先在,复怒曰:'后何也?'去曰:'后五日复早来。'五日良夜未半往。有顷,父亦来,喜曰:'当如是。'"

　　老人与良约会三次。第一次平明为期,平明就是天刚亮,语义相当含糊,天亮到什么程度才算是平明,本难确定。"东方未明"是一阶段,"东方未晞",又是一阶段,等到东方天际泛鱼肚色则又是一阶段。良平明往,未落日出之后,就不算是迟到。老人发什么脾气?说什么"与老人期"之倚老卖老的话?第二次约,时间更不明确,只说早一点去。良鸡鸣往,"鸡既鸣矣",就是天明以前的一刹那,事实上已经提早到达,还嫌太晚。第三次良夜未半往,夜未半即是午夜以前,这一次才满老人意。既然如此,为什么不早明说,虽然这是老人有意测验年轻人的耐性,但也不必这样蛮不讲理的折磨人。有人问我,假如遇见这样的一个老人作何感想,我说我愿效禅师的说法:"大喝一声,一棒打杀!"

黄石公的故事是神话。不过守时却是古往今来文明社会共有的一个重要的道德信念。远古的时候问题简单,日出而作,日入而息,根本没有精确的时间观念,而且人与人要约的事恐怕也不太多。《易·系辞》所谓"日中为市,致天下之民,聚天下之货,交易而退,各得其所",不失为大家在时间上共立的一个标准,晚近的庙会市集,也还各有其约定俗成的时期规格。自从有了漏刻,分昼夜为百刻,一天之内才算有正确时间可资遵循。周有挈壶氏,自唐至清有挈壶正,是专管时间的官员。沙漏较晚,制在元朝。到了近年,也还有放午炮之说。现代的准确计时之器,如钟表之类,则是明季的舶来品,"明万历二十八年,大西洋人利玛窦来献自鸣钟"(《续通考·乐考》),嗣后自鸣钟在国内就大行其道。我小时候在三贝子花园畅观楼内,尚及见清朝洋人所贡各式各样的自鸣钟,金光灿烂,洋洋大观。在民间几乎家家案上正中央都有一架自鸣钟,用一把钥匙上弦,昼夜按时刻丁丁当当的响。外国人家墙上常见的鹧鸪钟,一只小鸟从一个小门跳出来报时,在国内尚比较少见。好像我们老一辈的中国人特别喜爱钟表,除了背心上特缝好几个小衣袋专放怀表之外,比较富裕人家墙上还常有一个硬木螺钿玻璃门的表柜,里面挂着二三十只形形色色的表,金的、银的、景泰蓝的、闷壳的,甚至背面壳里藏有活动秘戏图的,非如此不足以餍其收藏癖。至于如今的手表(实际是腕表)则高官大贾以至贩夫走卒无不备有一只了。

普遍的有了计时的工具,若是大家不知守时,又有何用?普通的衙门机关之类都定有办公时间,假如说是八点开始,到时候去看看,就会知道那是怎么一回事。大抵较低级的人员比较最守时,虽然其中难免有几位忙着在办事桌上吃豆浆油条。首长及高级人员大概就姗姗来迟了,他们还有一套理由,只有到了十点左右办稿拟稿逐层旅行的公文才能到达他们手里,早去了没有用。至于下班的时间,则大家多半知道守时,眼巴巴的望着时钟,谁也不甘落后。

和民众接触最频繁的莫过于银行邮局,可是在门前逡巡好久,进门烧头炷香的顾客不见得立刻就能受理,往往还要伫候一阵子,因为柜台后面的先生小姐可能很忙,忙着打开保险柜,忙着搬运文件,忙着清理卡片,忙着数钞票,忙着调整戳印,甚至于忙着泡茶,件件都需要时间。顾客们要少安毋躁。

朋友宴客,有一两位照例迟到,一碟瓜子大家都快磕完了,主人急得团团转,而那一两位客偏不来。按说"后至者诛"才是正理,但是后至者往往正是主客或是贵宾,所以必须虚上席以待。旧日戏园演戏,只有两盏汽油灯为照明之具,等到名角出台亮相,则几十盏电灯一齐照耀,声势非凡。有迟到之癖的客人大概是以名角自居,迟到之后不觉得歉然,反倒有得色。而迟到的人可能还要早退,表示另有一处要应酬,也许只是虚晃一招,实际是回家吃碗蛋炒饭。

要守时,但不一定要分秒不差,那就是苛求了。但也不能距约定时间太远,甲欲访乙,先打电话过去商洽,这是很有礼貌的行为,甲问什么时候驾临,乙说马上就去。问题就出在这"马上"二字,甲忘了钉问是什么马,是"竹披双耳峻,风入四蹄轻"的胡马,还是"皮干剥落,毛暗萧条"的瘦马,是练习纵跃用的木马,还是渡过了康王的泥马。和人要约,害得对方久等,揆诸时间即生命之说,岂是轻轻一声抱歉所能赎其罪愆?

守时不是容易事,要精神总动员。要不要先整其衣冠,要不要携带什么,要不要预计途中有多少红灯,都要通过大脑盘算一下。迟到固然不好,早到亦非万全之策,早到给自己找烦恼,有时候也给别人以不必要的窘。黄石公那段故事是例外,不足为训。记得莎士比亚有一句戏词:"赴情人约,永远是早到。"情人一心一意的在对方身上,不肯有分秒的延误,同时又怕对方忍受枯守之苦,所以"月上柳梢头,人约黄昏后",老早的就去等着,"月移花影动,疑是玉人来"了。

我们能不能推爱及于一切邀约,大家都守时?

病

　　鲁迅曾幻想到吐半口血扶两个丫鬟到阶前看秋海棠，以为那是雅事。其实天下雅事尽多，唯有生病不能算雅。没有福分扶丫鬟看秋海棠的人，当然觉得那是可羡的，但是加上"吐半口血"这样一个条件，那可羡的情形也就不怎样可羡，似乎还不如独自一个硬硬朗朗到菜圃看一畦萝卜白菜。

　　最近看见有人写文章，女人怀孕写做"生理变态"，我觉得这人倒有点"心理变态"。病才是生理变态。病人的一张脸就够瞧的，有的黄得像讣闻纸，有的青得像新出土的古铜器，比髑髅多一张皮，比面具多几个眨眼。病是变态，由活人变成死人的一条必经之路。因为病是变态，所以病是丑的。西子捧心蹙矉，人以为美，我想这也是私人癖好，想想海上还有逐臭之夫，这也就不足为奇。

　　我由于一场病，在医院住了很久。我觉得我们中国人最不适宜于住医院。在不病的时候，每个人在家里都可以做土皇帝，佣仆不消说是用钱雇来的奴隶，妻子只是供膳宿的奴隶，父母是志愿的奴隶，平日养尊处优惯了，一旦他老人家欠安违和，抬进医院，恨不得把整个的家（连厨房在内）都搬进去！病人到了医院，就好像是到了自己的别墅似的，忽而买西瓜，忽而冲藕粉，忽而打洗脸水，忽而灌暖水壶。与其说医院家庭化，毋宁说医院旅馆化，最像旅馆的一点，便是人声嘈杂，四号病人快要咽气，这并不妨碍五号病房的客人的高谈阔论；六号病人刚吞下两包安眠药，这也不能阻止七号病房里扯着嗓子喊黄嫂。医院是生与死的决斗场，呻吟号啕以及欢呼叫嚣之声，当然都是人情之所不能已，圣人弗禁。所苦者是把医院当做养病之所的人。

但是有一次我对于我隔壁房所发的声音，是能加以原谅的。是夜半，是女人声音，先是摇铃随后是喊"小姐"，然后一声铃间一声喊，由原板到流水板，愈来愈促，愈来愈高，我想医院里的人除了住了太平间的之外大概谁都听到了，然而没有人送给她所要用的那件东西。呼声渐变成嚷声，情急渐变成哀恳，等到那件东西等因奉此地辗转送到时，已经过了时效，不复成为有用的了。

旧式讣闻喜用"寿终正寝"字样，不是没有道理的。在家里养病，除了病不容易治好之外，不会为病以外的事情着急。如果病重不治必须寿终，则寿终正寝是值得提出来傲人的一件事，表示死者死得舒服。

人在大病时，人生观都要改变。我在奄奄一息的时候，就感觉得人生无常，对一切不免要多加一些宽恕，例如对于一个冒领米贴的人，平时绝不稍予假借，但在自己连打几次强心针之后，再看着那个人贸贸然来，也就不禁心软，认为他究竟也还可以算做一个圆颅方趾的人。鲁迅死前遗言"不饶恕，也不求人饶恕"。那种态度当然也可备一格。不似鲁迅那般伟大的人，便在体力不济时和人类容易妥协。我僵卧了许多天之后，看着每个人都有人性，觉得这世界还是可留恋的。不过我在体温脉搏都快恢复正常时，又故态复萌，眼睛里揉不进沙子了。

弱者才需要同情，同情要在人弱时施给，才能容易使人认识那份同情，一个人病得吃东西都需要喂的时候，如果有人来探视，那一点同情就像甘露滴在干土上一般，立刻被吸收了进去。病人会觉得人类当中彼此还有联系，人对人究竟比兽对人要温和得多。不过探视病人是一种艺术，和新闻记者的访问不同，和吊丧又不同。我最近一次病，病情相当曲折，叙述起来要半小时，如用欧化语体来说半小时还不够。而来看我的人是如此诚恳，问起我的病状便不能不详为报告，而讲述到三十次以上时，便感觉像一位老教授年年在讲台上开话匣片子那样单调而且惭愧。我的办法是，对于远路来的人我讲得要稍为扩大一些，而且要强调病的危险，为的是叫他感觉此行不虚，不使过于失望。对于邻近的朋友们则不免一切从简诸希矜宥！有些异常热心的人，如果不给我一点什么帮助，一定不肯走开，即使走开也一定不会愉快，我为使他愉快起见，口虽不渴也要请他倒过一杯水来，自己做"扶起娇无力"状。有些道貌岸然的朋友，看见我就要脱离苦海,不免悟出许多佛门大道理,脸上愈发严重,一言不发,愁眉苦脸,对于这朋友我将来特别要借重,因为我想他于探病之外还适于守尸。

怒

一个人在发怒的时候，最难看。纵然他平夙面似莲花，一旦怒而变青变白，甚至面色如土，再加上满脸的筋肉扭曲，眦裂发指，那副面目实在不仅是可憎而已。俗语说，"怒从心上起，恶向胆边生"，怒是心理的也是生理的一种变化。人逢不如意事，很少不勃然变色的。年少气盛，一言不合，怒气相加，但是许多年事已长的人，往往一样的火发暴躁。我有一位姻长，已到杖朝之年，并且半身瘫痪，每晨必阅报纸，戴上老花镜，打开报纸，不久就要把桌子拍得山响，吹胡瞪眼，破口大骂。报上的记载，他看不顺眼。不看不行，看了怄气。这时候大家躲他远远的，谁也不愿逢彼之怒。过一阵雨过天晴，他的怒气消了。

诗云："君子如怒，乱庶遄沮；君子如祉，乱庶遄已。"这是说有地位的人，赫然震怒，就可以收拨乱反正之效。一般人还是以少发脾气少惹麻烦为上。盛怒之下，体内血球不知道要伤损多少，血压不知道要升高几许，总之是不卫生。而且血气沸腾之际，理智不大清醒，言行容易逾分，于人于己都不相宜。希腊哲学家哀皮克蒂特斯说："计算一下你有多少天不曾生气。在从前，我每天生气；有时每隔一天生气一次；后来每隔三四天生气一次；如果你一连三十天没有生气，就应该向上帝献祭表示感谢。"减少生气的次数便是修养的结果。修养的方法，说起来好难。另一位同属于斯多亚派的哲学家罗马的玛可斯奥瑞利阿斯这样说："你因为一个人的无耻而愤怒的时候，要这样地问你自己：'那个无耻的人能不在这世界存在么？'那是不能的。不可能的事不必要求。"坏人不是不需要制裁，只是我们不必愤怒。如果非愤怒不可，也要控制那愤怒，使发而中节。佛家把"瞋"列为三毒之一，"瞋心甚于猛火"，克服瞋患是修持的基本功夫之一。燕丹子说："血勇之人，怒而面赤；脉勇之人，怒而面青；骨勇之人，怒而面白；神勇之人，怒而色不变。"我想那神勇是从苦行修炼中得来的。生而喜怒不形于色，那天赋实在太厚了。

清朝初叶有一位李绂，著《穆堂类稿》，内有一篇《无怒轩记》，他说："吾年逾四十，无涵养性情之学，无变化气质之功，因怒得过，旋悔旋犯，惧终于忿戾而已，因以'无怒'名轩。"是一篇好文章，而其戒谨恐惧之情溢于言表，不失读书人的本色。

穷

　　人生下来就是穷的,除了带来一口奶之外,赤条条的,一无所有,谁手里也没有握着两个钱。在稍稍长大一点,阶级渐渐显露,有的是金枝玉叶,有的是"杂和面口袋"。但是就大体而论,还是泥巴里打滚袖口上抹鼻涕的居多。儿童玩具本是少得可怜,而大概其中总还免不了一具"扑满",瓦做的,像是陶器时代的出品,大的小的挂绿釉的都有,间或也有形如保险箱,有铁制的,这种玩具的用意就是警告孩子们,有钱要积蓄起来,免得在饥荒的时候受穷,穷的阴影在这时候就已罩住了我们!好容易过年赚来几块压岁钱,都被骗弄丢在里面了,丢进去就后悔,想从缝里倒出是万难,用小刀拨也是枉然。积蓄是稍微有一点,穷还是穷。而且事实证明,凡是积在扑满里的钱,除了自己早早下手摔破的以外,大概后来就不知怎样就没有了,很少能在日后发生什么救苦救难的功效。等到再稍稍长大一点,用钱的欲望更大,看见什么都要流涎,手里偏偏是空空如也,那时候真想来一个十月革命。就是富家子也是一样,尽管是绮襦纨袴,他还是恨继承开始太晚。这时候他最感觉穷，虽然他还没认识穷。人在成年之后，开始面对着糊口问题，不但糊自己的口，还要糊附属人员的口，如果脸皮欠厚心地欠薄，再加上祖上是"忠厚传家诗书继世"的话，他这一生就休想能离开穷的掌握，人的一生，就是和穷挣扎的历史。和穷挣扎的一生，无论胜利或失败，都是惨。能不和穷挣扎，或于挣扎之余还有点闲工夫做些别的事，那人是有福了。

　　所谓穷，也是比较而言。有人天天喊穷，不是今天透支，就是明天举债，数目大得都惊人，然后指着身上衣服的一块补丁或是皮鞋上的一条小小裂缝作为他穷的铁证。这是寓阔于穷，文章中的反衬法。也有人量入为出，温饱无虞，可是又担心他的孩子将来自费留学的经费没有着落，于是于自我麻醉中陷入于穷的心理状态。若是西装裤的后方越磨越薄，由薄而破，由破而织，由织而补上一大块布，细针密缝，老远地看上去像是一个圆圆的箭靶，（说也奇怪，人穷是先从裤子破起！）那么，这个人可是真有些近于穷了。但是也不然，穷无止境。"大雪纷纷落，我住柴火垛，看你们穷人怎么过！"穷人眼里还有更穷的人。

　　穷也有好处。在优裕环境里生活着的人，外加的装饰与铺排太多，可以把他的本来面目掩没无遗，不但别人认不清他真的面目，往往对他发生误会（多半往好的方面误会），就是自己也容易忘记自己是谁。穷人则不然，他的褴褛的衣裳等于是开着许多窗户，可以令人窥见他的内容，他的荜门蓬户，尽管是穷气冒三尺，却容易令人发现里面有一个人。人越穷，越靠他本身的成色，其中毫无夹带藏掖。人穷还可落个清闲，既少"车马驻江干"，更不会有人来求谋事，讣闻请笺都不会常常上门，他的时间是他自己的。穷人的心是赤裸的，和别的穷人之间没有隔阂，所以穷人才最慷慨。金错囊中所余无钱，买房置地都不够，反正是吃不饱饿不死，落得来个爽快，求片刻的快意，此之谓"穷大手"。我们看见过富家弟兄析产的时候把一张八仙桌子劈开成两半，不曾看见两个穷人抢食半盂残羹剩饭。

穷时受人白眼是件常事，狗不也是专爱对着鹑衣百结的人汪汪吗？人穷则颈易缩，肩易耸，头易垂，须发许是特别长得快，擦着墙边逡巡而过，不是贼也像是贼，以这种姿态出现，到处受窘。所以人穷则往往自然地有一种抵抗力出现，是名曰：酸。穷一经酸化，便不复是怕见人的东西。别看我衣履不整，我本来不以衣履见长！人和衣服架子本来是应该有分别的。别看我囊中羞涩，我有所不取；别看我落魄无聊，我有所不为。这样一想，一股浩然之气火辣辣地从丹田升起，腰板自然挺直，胸膛自然凸出，徘徊啸傲，无往不宜。在别人的眼里，他是一块茅厕砖——臭而且硬，可是，人穷而不志短者以此，布衣之士而可以傲王侯者亦以此，所以穷酸亦不可厚非，他不得不如此，穷若没有酸支持着，它不能持久。

扬雄有逐贫之赋，韩愈有送穷之文，理直气壮地要与贫穷绝缘，反倒被穷鬼说服，改容谢过肃之上座，这也是酸极一种变化。贫而能逐，穷而能送，何乐而不为？逐也逐不掉，送也送不走，只好硬着头皮甘与穷鬼为伍。穷不是罪过，但也究竟不是美德，值不得夸耀，更不足以傲人。典型的穷人该是颜回，一箪食，一瓢饮，在陋巷，不改其乐。不改其乐当然是很好，箪食瓢饮究竟不大好，营养不足，所以颜回活到三十二岁短命死矣。孔子所说"饭疏食饮水，曲肱而枕之，乐亦在其中矣。"譬喻则可，当真如此就嫌其不大卫生。

嬾

人没有不嬾的。

大清早，尤其是在寒冬，被窝暖暖的，要想打个挺就起床，真不容易。荒鸡叫，由它叫。闹钟响，何妨按一下钮，在床上再赖上几分钟。白香山大概就是一个惯睡嬾觉的人，他不讳言"日高睡足犹慵起，小阁重衾不怕寒"。他不仅嬾，还馋，大言不惭的说："慵馋还自哂，快乐亦谁知？"白香山活了七十五岁，可是写了两千七百九十首诗，早晨睡睡嬾觉，我们还有什么说的？

嬾字从女，当初造字的人，好像是对于女性存有偏见。其实勤与嬾与性别无关。历史人物中，疏嬾成性者嵇康要算是一位。他自承："不涉经学，性复疏嬾，筋驽肉缓，头面常一月十五日不洗，不大闷痒，不能洗也。每常小便，而忍不起，令胞中略转，乃起耳。"同时，他也是"卧喜晚起"之徒，而且"性复多虱，把搔无已"。他可以长期的不洗头、不洗脸、不洗澡，以至于浑身生虱！和扪虱而谈的王猛都是一时名士。白居易"经年不沐浴，尘垢满肌肤"，还不是由于嬾？苏东坡好像也够邋遢的，他有"老来百事嬾,身垢犹念浴"之句,嬾到身上蒙垢的时候才做沐浴之想。女人似不至此,尚无因嬾而昌言无隐引以自傲的。主持中馈的一向是女人,缝衣捣砧的也一向是女人。"早起三光,晚起三慌"是从前流行的女性自励语,所谓三光、三慌是指头上、脸上、脚上。从前的女人,夙兴夜寐,没有不患睡眠不足的,上上下下都要伺候周到,还要揪着公鸡的尾巴就起来,来照顾她自己的"妇容"。头要梳,脸要洗,脚要裹。所以朝晖未上就花朵盛开的牵牛花,别称为"勤娘子",嬾婆娘没有欣赏的份,大概她只能观赏昙花。时到如今,情形当然不同,我们放眼观察,所谓前进的新女性,哪一个不是生龙活虎一般,主内兼主外,集家事与职业于一身?世上如果真有所谓嬾婆娘,我想其数目不会多于好吃嬾做的男子汉。北平从前有一个流行的儿歌:"头不梳,脸不洗,拿起尿盆儿就舀米"是夸张的讽刺。嬾字从女,有一点冤枉。

　　凡是自安于嬾的人,大抵有他或她的一套想法。可以推给别人做的事,何必自己做?可以拖到明天做的事,何必今天做?一推一拖,嬾之能事尽矣。自以为偶然偷嬾,无伤大雅。而且世事多变,往往变则通,在推拖之际,情势起了变化,可能一些棘手的问题会自然解决。"不需计较苦劳心,万事元来有命!"好像有时候馅饼是会从天上掉下来似的。这种打算只有一失,因为人生无常,如石火风灯,今天之后有明天,明天之后还有明天,可是谁也不知道自己还有没有明天。即使命不该绝,明天还有明天的事,事越积越多,越多越嬾得去做。"虱多不痒,债多不愁"，那是自我解嘲！懒人做事，拖拖拉拉，到头来没有不丢三落四狼狈慌张的。你懒，别人也懒，一推再推，推来推去，其结果只有误事。

懒不是不可医，但须下手早，而且须从小处着手。这事需劳作父母的帮一把手。有一家三个孩子都贪睡懒觉，遇到假日还理直气壮的大睡，到时候母亲拿起晒衣服用的竹竿在三张小床上横扫，三个小把戏像鲤鱼打挺似的翻身而起。此后他们养成了早起的习惯，一直到大。父亲房里有几份报纸，欢迎阅览，但是他有一个怪毛病，任谁看完报纸之后，必须折好叠好放还原处，否则他就大吼大叫。于是三个小把戏触类旁通，不但看完报纸立即还原，对于其他家中日用品也不敢随手乱放。小处不懒，大事也就容易勤快。

我自己是一个相当的懒的人，常走抵抗最小的路，虚掷不少的光阴。"架上非无书，眼懒不能看"（白香山句）。等到知道用功的时候，徒惊岁晚而已。英国十八世纪的绥夫特，偕仆远行，路途泥泞，翌晨呼仆擦洗他的皮靴，仆有难色，他说："今天擦洗干净，明天还是要泥污。"绥夫特说："好，你今天不要吃早餐了。今天吃了，明天还是要吃。"唐朝的高僧百丈禅师，以"一日不作，一日不食"自励，每天都要劳动作农事，至老不休。有一天他的弟子们看不过，故意把他的农具藏了起来，使他无法工作，他于是真个的饿了自己一天没有进食。得道的方外的人都知道刻苦自律。清代画家石溪和尚在他一幅《溪山无尽图》上题了这样

一段话,特别令人警惕:

"大凡天地生人,宜清勤自持,不可懒惰。若当得个懒字,便是懒汉,终无用处。……残衲住牛首山房朝夕焚诵,稍余一刻,必登山选胜,一有所得,随笔作山水数幅或字一段,总之不放闲过。所谓静生动,动必做出一番事业。端教一个人立于天地间无愧。若忽忽不知,懒而不觉,何异草木!"

一株小小的含羞草,尚且不是完全的"忽忽不知,懒而不觉!"若是人而不如小草,羞!羞!羞!

二　世相百态

请 客

常听人说:"若要一天不得安,请客;若要一年不得安,盖房;若要一辈子不得安,娶姨太太。"请客只有一天不得安,为害不算太大,所以人人都觉得不妨偶一为之。

所谓请客,是指自己家里邀集朋友便餐小酌,至于在酒楼饭店"铺筵席,陈尊俎",呼朋引类,飞觞醉月,享用的是金樽清酒,玉盘珍馐,最后一哄而散,由经手人员造账报销,那种宴会只能算是一种病狂或是罪孽,不提也罢。

妇主中馈,所以要请客必须先归而谋诸妇。这一谋,有分教,非十天半月不能获致结论,因为问题牵涉太广,不能一言而决。

首先要考虑的是请什么人。主客当然早已内定,陪客的甄选大费酌量。眼睛生在眉毛上边的宦场中人,吃不饱饿不死的教书匠,一身铜臭的大腹贾,小头锐面的浮华少年……若是聚在一个桌上吃饭,便有些像是鸡兔同笼,非常勉强。把夙未谋面的人拘在一起,要他们有说有笑,同时食物都能顺利地从咽门下去,也未免强人所难。主人从中调处,殷勤了这一位,怠慢了那一位,想找一些大家都有兴趣的话题亦非易事。所以客人需要分类,不能鱼龙混杂。客的数目视设备而定,若是能把所有该请的客人一网打尽,自然是经济算盘,但是算盘亦不可打得太精。再大的圆桌面也不过能坐十三四个体态中型的人。说来奇怪,客人单身者少,大概都有宝眷,一请就是一对,一桌只好当半桌用。有人请客宽发笺帖,心想总有几位心领谢谢,万想不到人人惠然肯来,而且还有一位特别要好带来一个七八岁的小宝宝!主人慌忙添座,客人谦让"孩子坐我腿上!"大家挤挤攘攘,其中还不乏中年发福之士,把圆桌围得密不通风,上菜需飞越人头,斟酒要从耳边下注,前排客满,主人在二排敬陪。

拟菜单也不简单。任何家庭都有它的招牌菜。可惜很少人肯用其所长,大概是以平素见过的饭馆酒席的局面作为蓝图。家里有厨师厨娘,自然一声吩咐,不再劳心,否则主妇势必亲自下厨操动刀俎。主人多半是擅长理论,真让他切葱剥蒜都未必能够胜任。所以拟定菜单,需要自知之明,临时"钻锅"翻看食谱未必有济于事。四冷荤,四热炒,四压桌,外加两道点心,似乎是无可再减,大鱼大肉,水陆杂陈,若不能使客人连串地打饱嗝,不能算是尽兴。菜单拟订的原则是把客人一个个地填得嘴角冒油。而客人所希冀的也往往是一场牙祭。有人以水饺宴客,馅子是猪肉菠菜,客人咬了一口,大叫:"哟,里面怎么净是青菜!"一般人还是欣赏肥肉厚酒,管它是不是烂肠之食!

宴客的吉日近了，主妇忙着上菜市，挑挑检检，检检挑挑，又要物美又要价廉，装满两个篮子，半途休憩好几次才能气喘汗流地回到家。泡的，洗的，剥的，切的，闹哄一两天，然后丑媳妇怕见公婆也不行，吉日到了。客人早已折简相邀，难道还会不肯枉驾？不，守时不是我们的传统。准时到达，岂不像是"头如穹庐咽细如针"的饿鬼？要让主人干着急，等他一催请再催请，然后徐徐命驾，姗姗来迟，这才像是大家风范。当然朋友也有特别性急而提早莅临的，那也使得主人措手不及慌成一团。客人的性格不一样，有人进门就选一个比较最好的座位，两脚高架案上，真是宾至如归；也有人寒暄两句便一头扎进厨房，声称要给主妇帮忙，系着围裙伸着两只油手的主妇连忙谦谢不迭。等到客人到齐，无不饥肠辘辘。

落座之前还少不了你推我让的一幕。主人指定座位，时常无效，除非事前摆好名牌，而且写上官衔，分层排列，秩序井然。敬酒按说是主人的责任，但是也时常有热心人士代为执壶，而且见杯即斟，每斟必满。不知是什么时候什么人兴出来的陋习，几乎每个客人都会双手举杯齐眉，对着在座的每一位客人敬酒，一霎间敬完一圈，但见杯起杯落，如"兔儿爷捣碓"。不喝酒的也要把汽水杯子高高举起，虚应故事，喝酒的也多半是狞眉皱眼地抿那么一小口。一大盘热糊糊的东西端上来了，像翅羹，又像浆糊，一人一勺子，盘底花纹隐约可见，上面洒着的一层芫荽不知被哪一位像芟除毒草似的拨到了盘下，又不知被哪一位从盘下夹到嘴里吃了。还有人坚持海味非蘸醋不可,高呼要醋,等到一碟"忌讳"送上台面海味早已不见了。菜是一道一道地上,上一道客人喊一次"太丰富,太丰富",然后埋头大嚼,不敢后人。主人照例谦称:"不成敬意,家常便饭。"心直口快的客人就许提出疑问:"这样的家常便饭,怕不要吃穷了?"主人也只好噗哧一笑而罢。将近尾声的时候,大概总有一位要先走一步,因为还有好几处应酬。这时候主妇蹑了进来,红头涨脸,额角上还有几颗没揩干净的汗珠,客人举起空杯向她表示慰劳之意,她坐下胡乱吃一些残羹剩炙。

席终,香茗水果伺候,客人靠在椅子上剔牙,这时节应该是客去主人安了。但是不,大家雅兴不浅,谈锋尚健,饭后磕牙,海阔天空,谁也不愿首先言辞,致败人意。最后大概是主人打了一个哈欠而忘了掩口,这才有人提议散会。天下无不散之筵席,奈何奈何?不要以为席终人散,立即功德圆满,地上有无数的瓜子皮,纸烟灰,桌上杯碟狼藉,厨房里有堆成山的盘碗锅勺,等着你办理善后!

送 礼

　　原始民族出猎，有所获，必定把猎物割裂，加以燔熏，分赠族人。在送者方面，我想一定是满面春光，没有任何偷偷摸摸躲躲闪闪的神情。出狩大吉，当然需要大家共享其乐。在受者方面，我想也一定是春光满面，不要什么拗谦辞让的手续。叨在族谊，却之不恭。双方光明磊落，而且是自然之至。倒是人类文明进步之后，弊端丛生，然后才有"礼尚往来，来而不往非礼也"这样的理论出现。这理论究竟不错，旨在安定社会，防止纠纷。但是近代社会过于复杂，有时因送礼而形成很尴尬的局面。

　　寒斋萧索，与人少有往还，逢年过节，但见红红绿绿大包小笼衮衮过门而不入，所谓厚贶遥颁之事实在是很难得的。有一年，端阳前数日，忽然有人把礼物送上门来，附着一张名片，上写"菲仪四色，务求赏收"。送礼人问清这是"梁寓"之后便不由分说跨上铁马绝尘而去。我午睡方醒，待要追问来人，其人早已杳不可寻。细查名片上的姓名，则素不相识。检视内容，皆是食品，并无夹层隐藏任何违碍之物。心想也许是门生故旧，恤老怜贫,但是再想现已进入原子时代,这类事毋乃"时代错误"?再说,既承馈贻,曷不进门小憩,班荆道故?左思右想,不得要领,送警报案,似是小题大做。转送劳军,又好像是慷他人之慨。无功受禄,又恐伤廉。结果是原封不动,庋藏高阁,希望其人能惠然返来,物归原主。事隔数日,一部分食物已经霉腐,暴殄天物,可惜之至!从此我逢人便问可有谁认识此公,终归人海茫茫,渺无踪迹。

转瞬到了中秋,节约之声又复盈耳,此公于家人外出之际又送来一份礼物,分量较前次加了一番。八角形的月饼直径在一尺以上,堆在桌上灿烂夺目。我当时的心情,犹如在门内发现了一具弃婴。弃婴犹可找个去处,这一大堆食品可怎样安排?过去有人送过我几匣月饼,打开一看,黑压压一片,万头攒动,全是蚂蚁。也有人送过自制的精品年糕,里面除了核仁瓜子之外还有无数条白胖的肉蛆,活泼乱跳。这直径一尺开外的大月饼其结局还不是同样的喂蚂蚁肉蛆!但是我开始恐惧了,此公一再宠锡有加,猪喂肥了没有不宰的,难道他屡施小惠,存心有一天要我感恩图报驰驱效死吗?惶悚之余,我全家戒严了,以后无论什么人前来送礼,一定要暂加扣留,验明正身,问清底细,否则绝不放行。王密夜怀金十斤送给杨震,说:"暮夜无知者。"杨震回答说:"天知,神知,我知,子知,何谓无知?"我则连四知都说不上,子是谁,我不知道,我是谁,恐怕你也不清楚。这样糊里糊涂下去,天神也要不容许了。

不久,年关届临,此公又施施然来。这一回,说好说歹,把他延进玄关,我仔细打量他一下,一人多高,貌似忠厚,衣履俱全,而打躬作揖,礼貌特别周到,他带来的礼物比上次又多了,成几何级数的进展。"官不打送礼的",我非官,焉敢打人,我只是诘问:

"我不认识你,你屡次三番的送东西来,是何用意?"

他的嘴唇有点发抖,勉强把脸上的筋肉作弄成为一个笑容,说:

"一点小意思,不成敬意。你帮了我这样多忙!"

"我帮了你什么忙?你知道我是谁吗?"

"你不是梁先生吗?"

我不能不承认说:"是呀。"

"那就对啦!我们行里的事,要不是梁先生在局里替我们做主,那是不得了的。"

"什么局?"

"××局。"

"哎呀!我从来没有在××局做过事。你大概搞错了吧?"

"没有错,没有错,梁先生是住在这一条街上,虽然我不知道他的门牌号数。"

我于是告诉他,一条街上很可能有两个以上的姓梁的人。我们姓梁的,自周平王之子封南梁以来,迄今二千七百多年,历代繁衍,一条街上有一个以上的姓梁的也不是不可能的事。前两次的礼物事实上已经收下,抱歉之极,这一次无论如何也不敢当,敬请原物带回,并且以后也不敢再劳驾了。

此人闻悉,登时变色,"怔营惶怖,靡知厝身",急忙携起礼物仓皇狼狈而去。连呼:"对不起,对不起!"其怪遂绝。

讲　价

　　韩康采药名山,卖于长安市,三十余年,口不二价。这并不是说三十余年物价没有波动,这是说他三十余年没有讲过一次谎,就凭这一点怪脾气他的大名便入了《后汉书》的逸民列传。这并不证明买卖东西无需讲价是我们古已有之的固有道德,这只是证明自古以来买卖东西就得要价还价,出了一位韩康,便是人瑞,便可以名垂青史了。韩康不但在历史上留下了佳话,在当时也是颇为著名的,一个女子向他买药,他守价不移,硬是没得少,女子大怒,说:"难道你是韩康,一个钱没得少?"韩康本欲避名,现在小女子都知道他的大名,吓得披发入山。卖东西不讲价,自古以来,是多么难得!我们还不要忘记韩康"家世著姓",本不是商人,如果是个"逐什一之利"的,有机会能得什二什三时岂不更妙?

　　从前有些店铺讲究货真价实,"言不二价""童叟无欺"的金字招牌偶然还可以很骄傲地悬挂起来,不必大减价雇吹鼓手,主顾自然上门。这种事似乎渐渐少了。童叟根本也不见得好欺侮，而且买卖大半是流动的，无所谓主顾，不讲价还是不过瘾，不七折八扣显着买卖不和气，交易一成买者就又会觉得上当。在尔虞我诈的情形之下，讲价便成为交易的必经阶段，反正是"漫天要价，就地还钱"。看看谁有本事谁讨便宜。

我买东西很少的时候能不比别人的贵。世界上有一种人，喜欢到人家里面调查物价，看看你家里有什么东西都要打听一下是用什么价钱买的，除非你在每一事物上都粘上一个纸签标明价格，否则将不胜其啰唆。最扫兴的是，我已经把真的价钱瞒起，自欺欺人地只说了一半的价钱来搪塞他，他有时还会把头摇得像个"波浪鼓"似的，表示你上了弥天的大当！我承认，有些人是特别地善于讲价，他有政治家的脸皮，外交家的嘴巴，杀人的胆量，钓鱼的耐心，坚如铁石，韧似牛皮，所以他能压倒那待价而沽的商人。我尝虚心请教，大概归纳起来讲价的艺术不外下列诸端：

第一，要不动声色。进得店来，看准了他没有什么你就要什么，使得他显得寒伧，先有几分惭愧。然后无精打采地道出你所真心要买的东西，伙计于气馁之余，自然欢天喜地地捧出他的货色，价钱根本不会太高。如果偶然发现一项心爱的东西，也不可失声大叫，如获异宝，必要行若无事，淡然处之，于打听许多种物价之后，随意问询及之，否则你打草惊蛇，他便奇货可居了。

第二，要无情地批评。甘瓜苦蒂，天下物无全美。你把货物捧在手里，不忙鉴赏，先求其疵缪之所在，不厌其详地批评一番，尽量地道出它的缺点。有些物事，本是无懈可击的，但是"嗜好不能争辩"，你这东西是红的，我偏喜欢白的，你这东西大的，我偏喜欢小的。总之，是要把东西褒贬得一文不值缺点百出，这时候伙计的脸上也许要一块红一块白的不大好看，但是他的心里软了，价钱上自然有了商量的余地，我在委屈迁就的情形之下来买东西，你在价钱上还能不让步么？

第三，要狠心还价。先假设，自从韩康入山之后每个商人都是说谎的。不管价钱多高，拦腰一砍。这需要一点胆量，狠得下心，说得出口，要准备看一副嘴脸。人的脸是最容易变的，用不了加多少钱，那副愁云惨雾的苦脸立刻开霁，露出一缕春风。但这是最紧要的时候，这是耐心的比赛，谁性急谁失败，他一文一文地减，你就一文一文地加。

第四，要有反顾的勇气。交易实在不成，只好掉头而去，也许走不了好远，他会请你回来，如果他不请你回来，你自己要有回来的勇气，不能负气，不能讲究"义不反顾，计不旋踵"。讲价到了这个地步，也就山穷水尽了。

这一套讲价的秘诀，知易行难，所以我始终未能运用。我怕费工夫，我怕伤和气，如果我粗脖子红脸，我身体受伤，如果他粗脖子红脸，我精神上难过，我聊以解嘲的方法是记起郑板桥爱写的那四个大字："难得糊涂"。

《淮南子》明明地记载着："东方有君子之国"，但是我在地图上却找不到。《山海经》里也记载着："君子国衣冠带剑,其人好让不争。"但只有《镜花缘》给君子国透露了一点消息。买物的人说:"老兄如此高货,却讨恁般贱价,教小弟买去,如何能安?务求将价加增,方好遵教。若再过谦,那是有意不肯赏光交易了。"卖物的人说:"既承照顾,敢不仰体?但适才妄讨大价,已觉厚颜,不意老兄反说货高价贱,岂不更教小弟惭愧?况敝货并非'言无二价',其中颇有虚头。"照这样讲来,君子国交易并非言无二价,也还是要讲价的,也并非不争,也还有要费口舌唾液的。什么样的国家,才能买东西不讲价呢?我想与其讲价而为对方争利,不如讲价而为自己争利,比较的合于人类本能。

有人传授给我在街头雇车的秘诀:街头孤零零的一辆车,车夫红光满面鼓腹而游的样子,切莫睬他,如果三五成群鸠形鹄面,你一声吆喝便会蜂涌而来,竞相延揽,车价会特别低廉。在这里我们发现人性的一面——残忍。

吃　相

　　一位外国朋友告诉我,他旅游西南某地的时候,偶于餐馆进食,忽闻壁板砰砰作响,其声清脆,密集如联珠炮,向人打听才知道是邻座食客正在大啖其糖醋排骨。这一道菜是这餐馆的拿手菜,顾客欣赏这个美味之余,顺嘴把骨头往旁边喷吐,你也吐,我也吐,所以把壁板打得叮叮当当响。不但顾客为之快意,店主听了也觉得脸上光彩,认为这是大家为他捧场。这位外国朋友问我这是不是国内各地普遍的风俗,我告诉他我走过十几省还不曾遇见过这样的场面,而且当场若无壁板设备,或是顾客嘴部筋肉不够发达,此种盛况即不易发生。可是我心中暗想,天下之大,无奇不有,这样的事恐怕亦不无发生的可能。

　　《礼记》有“毋啮骨”之诫,大概包括啃骨头的举动在内。糖醋排骨的肉与骨是比较容易脱离的,大块的骨头上所联带着的肉若是用牙齿咬断下来,那龇牙咧嘴的样子便觉不大雅观。所以“割不正不食”“席不正不食”都是对于在桌面上进膳的人而言,啮骨应该是桌底下另外一种动物所做的事。不要以为我们一部分人把排骨吐得噼啪响便断定我们的吃相不佳。各地有各地的风俗习惯。世界上至今还有不少地方是用手抓食的。听说他们是用右手取食，左手则专供做另一种肮脏的事，不可混用，可见也还注重清洁。我不知道像咖喱鸡饭一类黏糊糊儿的东西如何用手指往嘴里送。用手取食，原是古已有之的老法。罗马皇帝尼禄大宴群臣，他从一只硕大无比的烤鹅身上扯下一条大腿，手举着鼓槌，歪着脖子啃而食之，那副贪婪无厌的饕餮相我们可于想象中得之。罗马的光荣不过尔尔，等而下之不必论了。欧洲中古时代，餐桌上的刀叉是奢侈品，从十一世纪到十五世纪不曾被普遍使用，有些人自备刀叉随身携带，这种作风一直延至十八世纪还偶尔可见。据说在酷嗜通心粉的国度里，市廛道旁随处都有贩卖通心粉(与不通心粉)的摊子，食客都是伸出右手像是五股钢叉一般把粉条一卷就送到口里，干净利落。

不要耻笑西方风俗鄙陋，我们泱泱大国自古以来也是双手万能。《礼记》："共饭不泽手。"吕氏注曰："不泽手者，古之饭者以手，与人共饭，摩手而有汗泽，人将恶之而难言。"饭前把手洗洗揩揩也就是了。樊哙把一块生猪肘子放在铁盾上拔剑而啖之，那是鸿门宴上的精彩节目，可是那个吃相也就很可观了。我们不愿意在餐桌上挥刀舞叉，我们的吃饭工具主要的是筷子，筷子即箸，古称饭颡。细细的两根竹筷，搦在手上，运动自如，能戳、能夹、能撮、能扒，神乎其技。不过我们至今也还有用手进食的地方，像从兰州到新疆，"抓饭""抓肉"都是很驰名的。我们即使运用筷子，也不能不有相当的约束，若是频频夹取如金鸡乱点头，或挑肥拣瘦的在盘碗里翻翻弄弄如拨草寻蛇，就不雅观。

餐桌礼仪，中西都有一套。外国的餐前祈祷，兰姆的描写可谓淋漓尽致。家长在那里低头闭眼口中念念有词，孩子们很少不在那里做鬼脸的。我们幸而极少宗教观念，小时候不敢在碗里留下饭粒，是怕长大了娶麻子媳妇，不敢把饭粒落在地上，是怕天打雷劈。喝汤而不准吮吸出声是外国规矩，我想这规矩不算太苛，因为外国的汤盆很浅，好像都是狐狸请鹭鸶吃饭时所使用的器皿，一盆汤端到桌上不可能是烫嘴热的，慢一点灌进嘴里去就可以不至于出声。若是喝一口我们的所谓"天下第一菜"口蘑锅巴汤而不出一点声音，岂不强人所难？从前我在北方家居，邻户是一个治安机关，隔着一堵墙，墙那边经常有几十口子在院子里进膳，我可以清晰地听到"呼噜，呼噜，呼——噜"的声响，然后是"咔嚓！"一声。他们是在吃炸酱面，于猛吸面条之后咬一口生蒜瓣。

餐桌的礼仪要重视，不要太重视。外国人吃饭不但要席正，而且挺直腰板，把食物送到嘴边。我们"食不厌精，脍不厌细"，要维持那种姿式便不容易。我见过一位女士，她的嘴并不比一般人小多少，但是她喝汤的时候真能把上下唇撮成一颗樱桃那样大，然后以匙尖触到口边徐徐吮饮之。这和把整个调羹送到嘴里面的人比较起来，又近于矫枉过正了。人生贵适意，在环境许可的时候是不妨稍为放肆一点。吃饭而能充分享受，没有什么太多礼法的约束,细嚼烂咽,或风卷残云,均无不可,吃的时候怡然自得,吃完之后抹抹嘴鼓腹而游,像这样的乐事并不常见。我看见过两次真正痛快淋漓的吃,印象至今犹新。一次在北京的"灶温",那是一爿道地的北京小吃馆。棉帘启处,进来了一位赶车的,即是赶轿车的车夫,辫子盘在额上,衣襟掀起塞在搭布底下,大摇大摆,手里托着菜叶裹着的毛猪肉一块,提着一根马兰系着的一撮韭黄,把食物往柜台上一拍:"掌柜的,烙一斤饼!再来一碗炖肉!"等一下,肉丝炒韭黄端上来了,两张家常饼一碗炖肉也端上来了。他把菜肴分为两份,一份倒在一张饼上,把饼一卷,比拳头要粗,两手扶着矗立在盘子上,张开血盆巨口,左一口,右一口,中间一口!不大的工夫,一张饼下肚,又一张也不见了,直吃得他青筋暴露满脸大汗,挺起腰身连打两个大饱嗝。又一次,我在青岛寓所的后山坡上看见一群石匠在凿山造房,晌午歇工,有人送饭,打开笼屉热气腾腾,里面是半尺来长的发面蒸饺,工人蜂拥而上,每人拍拍手掌便抓起饺子来咬,饺子里面露出绿韭菜馅。又有人挑来一桶开水,上面漂着一个瓢,一个个红光满面围着桶舀水吃。这时候又有挑着大葱的小贩赶来兜售那像甘蔗一般粗细的大葱,登时又人手一截,像是饭后进水果一般。上面这两个景象,我久久不能忘,他们都是自食其力的人,心里坦荡荡的,饥来吃饭,取其充腹,管什么吃相!

旅　行

　　我们中国人是最怕旅行的一个民族。闹饥荒的时候都不肯轻易逃荒，宁愿在家乡吃青草啃树皮吞观音土，生怕离乡背井之后，在旅行中流为饿莩，失掉最后的权益——寿终正寝。至于席丰履厚的人更不愿轻举妄动，墙上挂一张图画，看看就可以当"卧游"，所谓"一动不如一静"。说穿了"太阳下没有新鲜事物"。号称山川形胜，还不是几堆石头一汪子水？我记得做小学生的时候，郊外踏青，是一桩心跳的事，多早就筹备，起个大早，排成队伍，擎着校旗，鼓乐前导，事后下星期还得作一篇《远足记》，才算功德圆满。旅行一次是如此的庄严！我的外祖母，一生住在杭州城内，八十多岁，没有逛过一次西湖，最后总算去了一次，但是自己不能行走，抬到了西湖，就没有再回来——葬在湖边山上。

　　古人云："一生能着几两屐？"这是劝人及时行乐，莫怕多费几双鞋。但是旅行果然是一桩乐事吗？其中是否含着有多少苦恼的成分呢？

出门要带行李，那一个几十斤重的五花大绑的铺盖卷儿便是旅行者的第一道难关。要捆得紧，要捆得俏，要四四方方，要见棱见角，与稀松露馅的大包袱要迥异其趣，这已经就不是一个手无缚鸡之力的人所能胜任的了。关卡上偏有好奇人要打开看看，看完之后便很难得再复原。"乘兴而来，兴尽而返。"很多人在打完铺盖卷儿之后就觉得游兴已尽了。在某些国度里，旅行是不需要携带铺盖的，好像凡是有床的地方就有被褥，有被褥的地方就有随时洗换的被单，——旅客可以无牵无挂，不必像蜗牛似的顶着安身的家伙走路。携带铺盖究竟还容易办得到，但是没听说过带着床旅行的，天下的床很少没有臭虫设备的。我很怀疑一个人于整夜输血之后，第二天还有多少精神游山逛水。我有一个朋友发明了一种服装，按着他的头躯四肢的尺寸做了一件天衣无缝的睡衣，人钻在睡衣里面，只留眼前两个窟窿，和外界完全隔绝，——只是那样子有些像是KKK，夜晚出来曾经几乎吓死一个人！

原始的交通工具，并不足为旅客之苦。我觉得"滑竿""架子车"都比飞机有趣。"御风而行，泠然善也"，那是神仙生涯。在尘世旅行，还是以脚能着地为原则。我们要看朵朵的白云，但并不想在云隙里钻出钻进；我们要"横看成岭侧成峰，远近高低各不同"，但并不想把世界缩小成假山石一般玩物似的来欣赏。我惋惜米尔顿所称述的中土有"挂帆之车"尚不曾坐过。交通工具之原始不是病，病在于舟车之不易得，车夫舟子之不易缠，"衣帽自看"固不待言,还要提防青纱帐起。刘伶"死便埋我",也不是准备横死。

旅行虽然夹杂着苦恼,究竟有很大的乐趣在。旅行是一种逃避,——逃避人间的丑恶。"大隐藏人海",我们不是大隐,在人海里藏不住。岂但人海里安不得身?在家园也不容易遁迹。成年地圈在四合房里,不必仰屋就要兴叹;成年地看着家里的那一张脸,不必牛衣也要对泣。家里面所能看见的那一块青天,只有那么一大块。取之不尽用之不竭的清风明月,在家里都不能充分享受,要放风筝需要举着竹竿爬上房脊,要看日升月落需要左右邻居没有遮拦。走在街上,熙熙攘攘,磕头碰脑的不是人面兽,就是可怜虫。在这种情形之下,我们虽无勇气披发入山,至少为什么不带着一把牙刷捆起铺盖出去旅行几天呢?在旅行中,少不了风吹雨打,然后倦飞知还,觉得"在家千日好,出门一时难",这样便可以把那不可容忍的家变成为暂时可以容忍的了。下次忍耐不住的时候,再出去旅行一次。如此地折腾几回,这一生也就差不多了。

旅行中没有不感觉枯寂的,枯寂也是一种趣味。哈兹利特(Hazlitt)主张在旅行时不要伴侣,因为:"如果你说路那边的一片豆田有股香味,你的伴侣也许闻不见。如果你指着远处的一件东西,你的伴侣也许是近视的,还得戴上眼镜看。"一个不合意的伴侣,当然是累赘。但是人是个奇怪的动物,人太多了嫌闹,没人陪着嫌闷。耳边嘈杂怕吵,整天咕嘟着嘴又怕口臭。旅行是享受清福的时候,但是也还想拉上个伴。只有神仙和野兽才受得住孤独。在社会里我们觉得面目可憎语言无味的人居多,避之唯恐或晚,在大自然里又觉得人与人之间是亲切的。到美国落基山上旅行过的人告诉我,在山上若是遇见另一个旅客,不分男女老幼,一律脱帽招呼,寒暄一两句。这是很有意味的一个习惯。大概只有在旷野里我们才容易感觉到人与人是属于一门一类的动物,平常我们太注意人与人的差别了。

真正理想的伴侣是不易得的,客厅里的好朋友不见得即是旅行的好伴侣,理想的伴侣须具备许多条件,不能太脏,如嵇叔夜"头面常一月十五日不洗,不太闷痒不能沐",也不能有洁癖,什么东西都要用火酒揩,不能如泥塑木雕,如死鱼之不张嘴,也不能终日喋喋不休,整夜鼾声不已,不能油头滑脑,也不能蠢头呆脑,要有说有笑,有动有静,静时能一声不响地陪着你看行云,听夜雨,动时能在草地上打滚像一条活鱼!这样的伴侣哪里去找?

洋　罪

　　有些人,大概是觉得生活还不够丰富,于顽固的礼教,愚昧陋俗,野蛮的禁忌之外,还介绍许多外国的风俗习惯,甘心情愿地受那份洋罪。

　　例如:宴集茶会之类偶然恰是十三人之数,原是稀松平常之事,但往往就有人把事态扩大,认为情形严重,好像人数一到十三,其中必将有谁虽欲"寿终正寝"而不可得的样子。在这种场合,必定有先知先觉者托故逃席,或临时加添一位,打破这个凶数,又好像只要破了十三,其中人人必然"寿终正寝"的样子。对于十三的恐怖,在某种人中间近已颇为流行。据说,它的来源是外国的。耶稣基督被他的使徒犹大所卖,最后晚餐时便是十三人同席。因此十三成为不吉利的数目。在外国,听说不但宴集之类要避免十三,就是旅馆的号数也常以12A来代替十三。这种近于迷信而且无聊的风俗,移到中国来,则于迷信与无聊之外,还应该加上一个可嗤!

　　再例如:划火柴给人点纸烟,点到第三人的纸烟时,则必有热心者迫不及待地从旁嘘一口大气，把你的火柴吹熄。一根火柴不准点三支纸烟。据博闻者说，这风俗也是外国的。好像这风俗还不怎样古，就在上次大战的时候，夜晚战壕里的士兵抽烟，如果火柴的亮光延续到能点燃三支纸烟那么久，则敌人的枪弹炮弹必定一齐飞来。这风俗虽"与抗战有关"，但在敌人枪炮射程以外的地方，若不加解释，则仍容易被人目为近乎庸人自扰。

又例如：朋辈对饮，常见有碰杯之举，把酒杯碰得当一声响，然后同时仰着脖子往下灌，咕噜咕噜地灌下去，点头咂嘴，踌躇满志。为什么要碰那一下子呢？这又是外国规矩。据说相当古的时候，而人心即已不古，于揖让酬应之间，就许在酒杯里下毒药，所以主人为表明心迹起见，不得不与客人喝个"交杯酒"，交杯之际，当的一声是难免的。到后来，去古日远，而人心反倒古起来了，酒杯里下毒药的事情渐不多见，主客对饮只须做交杯状，听那当然一响，便可以放心大胆地喝酒了。碰杯之起源，大概如此。在"安全第一"的原则之下，喝交杯酒是未可厚非的。如果碰一下杯，能令我们警惕戒惧，不致忘记了以酒肉相饷的人同时也有投毒的可能，而同时酒杯质料相当坚牢不致磕裂碰碎，那么，碰杯的风俗却也不能说是一定要不得。

大概风俗习惯，总是慢慢养成，所以能在社会通行。如果生吞活剥地把外国的风俗习惯移植到我们的社会里来，则必窒碍难行，其故在不服水土。讲到这里我也有一个具体的而且极端的例子——

四月一日，打开报纸一看，皇皇启事一则如下："某某某与某某某今得某某某与某某某先生之介绍及双方家长之同意，定于四月一日在某某处行结婚礼，国难期间一切从简，特此敬告诸亲友。"结婚只是男女两人的事，对别人无关，而别人偏偏最感兴趣。启事一出，好事者奔走相告，更好事者议论纷纷，尤好事者拍电致贺。

四月二日报纸上有更皇皇的启事一则如下："某某某启事，昨为西俗万愚节，友人某某某先生遂假借名义，代登结婚启事一则以资戏弄，此事概属乌有，诚恐淆乱听闻，特此郑重声明。"好事者嗒然若丧，更好事者引为谈助，尤好事者则去翻查百科全书，寻找万愚节之源起。

四月一日为万愚节，西人相绐以为乐；其是否为陋俗，我们管不着，其是否把终身大事也划在相绐的范围以内，我们亦不得知。我只觉得这种风俗习惯，在我们这国度里，似嫌不合国情。我觉得我们几乎是天天在过万愚节。舞文弄墨之辈，专作欺人之谈，且按下不表，单说市井习见之事，即可见我们平日颇不缺乏相绐之乐。有些店铺高高悬起"言无二价""童叟无欺"的招牌，这就是反映着一般的诳价欺骗的现象。凡是约期取件的商店，如成衣店、洗衣店、照像馆之类，因爽约而使我们徒劳往返的事是很平常的，然对外国人则不然，与外国人约甚少爽约之事。我想这原因大概就是外国人只有在四月一日那一天才肯以相绐为乐，而在我们则一年三百六十五天，随便哪一天都无妨定为万愚节。

万愚节的风俗，在我个人，并不觉得生疏，我不幸从小就进洋习甚深的学校，到四月一日总有人伪造文书诈欺取乐，而受愚者亦不为忤。现在年事稍长，看破骗局甚多，更觉谑浪取笑无伤大雅。不过一定要仿西人所为，在四月一日这一天把说谎普遍化、合理化，而同时在其余的三百六十多天又并不仿西人所为，仍然随时随地地言而无信互相欺诈，我终觉得大可不必。

外国的风俗习惯永远是有趣的，因为异国情调总是新奇的居多。新奇就有趣。不过若把异国情调生吞活剥地搬到自己家里来，身体力行，则新奇往往变成为桎梏，有趣往往变成为肉麻。基于这种道理，很有些人至今喝茶并不加白糖与牛奶。

市　容

　　在我居住的巷口外大街上，在朝阳的那一面，通常总是麇聚着一堆摊贩，全是贩卖食物的小摊，其中种类甚多，据我所记得的有——豆汁儿、馄饨、烧饼、油条、切糕、炸糕、面茶、杏仁茶、老豆腐、猪头肉、馅饼、烫面饺、豆腐脑、贴饼子、锅盔等等。有斜支着四方形的布伞的，有搁着条凳的，有停着推把车的，有放着挑子的，形形色色，杂然并陈。热锅里冒着一阵阵的热气。围着就食的有背书包戴口罩的小学生，有佩戴徽章缩头缩脑的小公务员，有穿短棉袄的工人，有披蓝号码背心的车夫，乱哄哄的一团。我每天早晨从这里经过，心里总充满了一种喜悦。我觉得这里面有生活。

　　我愿意看人吃东西，尤其这样多的人在这样的露天食堂里挤着吃东西。我们中国人夙来就是"民以食为天"。见面打问讯时也是"您吃了么?"挂在口边。吃东西是一天中最大的一件事。谁吃饱了，谁便是解决了这一天的基本问题。所以我见了这样一大堆人围着摊贩吃东西，缩着脖子吃点热东西，我就觉得打心里高兴。小贩有气力来摆摊子，有东西可卖，有人来吃，而且吃完了付得起钱，这都是好事。我相信这一群人都能于吃完东西之后好好的活着——至少这一半天。我愿意看一个吃饱了的人的面孔，不管他吃的是什么。当然，这些小吃摊上的东西也许是太少了一些维他命，太多了一些灰尘霉菌，我承认。立在马路边捧着碗，坐在板凳上举着饼，那样子不大雅观，没有餐台上放块白布然后花瓶里插一束花来得体面，这我也承认。但是我们于看完马路边上倒毙的饿莩之后，再看看这生气勃勃的市景，我们便不由得不满意了。

但是，有一天，我又从这里经过，所有的摊贩全没有了。静悄悄的，没有什么人，墙边上还遗留着几堆热炉火的砖头。他们都到哪里去了呢？我好生纳闷。那些小贩到什么地方去做生意了呢？那些就食的顾主们到哪里去解决他们的问题呢？

有人告诉我，为了整顿"市容"，这些摊贩被取缔了。又有人更确切地告诉我，因为听说某某人要驾临这个城市，所以一夜之间，把这些有碍观瞻的东西都驱逐净尽了。"市容"二字，是我早已遗忘了的，经这一提醒，我才恍然。现在大街上确是整洁多了，"整洁为强身之本"。我想来到这市上巡礼的那个人，于风驰电掣的在街上兜通圈子之后，一定要盛赞市政大有进步。没见一个人在街边蹲着喝豆汁，大概是全都在家里喝牛奶了。整洁的市街，像是新刮过的脸，看着就舒服。把褴褛破碎的东西都赶走，披藏起来，至少别在大街上摆着，然后大人先生们才不至于恶心，然后他们才得感觉到与天下之人同乐的那种意味。把摊贩赶走，并不是把他们送到集中营里去的意思，只是从大街两旁赶走，他们本是游牧的性质，此地不准摆，他们还可以寻到另外僻静些的所在。大街上看不见摊贩，就行，"眼不见为净"。

可是没有几天的工夫，那些摊贩又慢慢的一个个溜回来了，马路边上又兴隆起来了。负责整顿市容的老爷们摇摇头，叹口气。

市容乃中外观瞻所系，好家伙，这问题还牵涉着外国人！有些来观光的旅行者，确是古怪，带着照相机到处乱跑，并不遵照旅行指南所规划的路线走。我们有的是可以夸耀的景物，金鳌玉蝀、天坛、三大殿、陵园、兆丰公园，但是他们也许是看腻了，他们采做摄影对象的偏是捡煤核儿的垃圾山、稻草棚子。我们也有的是现代化的装备，美龄号机、流线型的小汽车，但是他们视若无睹，他们感兴趣的是骡车、骆驼队、三轮和洋车。这些尴尬的照相常常在外国的杂志上登出来，有些人心里老大不高兴，认为这是"有辱国体"。本来是，看戏要到前台去看，谁叫你跑到后台去？所谓市容，大概是仅指前台而言。前台总要打扫干净，所以市容不可不整顿一下。后台则一时顾不了。

华莱士到重庆的时候，他到附近的一个乡村小市去游历，我恰好住在那市上。一位朋友住在临街的一间房里，他养着一群鸭子，都是花毛的，好美，白天就在马路上散逛，在水坑里游泳，到晚上收进屋里去。华莱士要来，惊动了地方人士，便有官人出动，"这是谁的一群鸭子?你的?好,收起来,放在马路上不像样子。""我没有地方收,我只有一间屋子。并且,这是乡下,本来可以放鸭子的。""你老好不明白,平常放放鸭子也没有关系,今天不是华莱士要来么,上面有令,也就是今天下午这么一会儿,你等汽车过去之后,再把鸭子放出来好了。"这话说得委婉尽情,我的朋友屈服了,为了市容起见,委屈鸭子在屋里闷了半天。洋人观光,殃及禽兽!

裴斐教授列北平,据他自己说,第一桩事便是跑到太和殿,呆呆的在那里站半个钟头,他说:"这就是北平的文化,看了这个之后还有什么可看的呢?"他第二个要去的地方是他从前曾住过六七年的南小街子。他说:"我大失所望,亲切的南小街子没有了,变成柏油路了,和我厮熟的那个烧饼铺也没有了,那地方改建了一所洋楼,那和善的伙计哪里去了?"他言下不胜感叹。

像裴斐这样的人太少,他懂得什么才是市容。他爱前台,他也爱后台。

垃 圾

　　人吃五谷杂粮，就要排泄。渣滓不去，清虚不来。家庭也是一样，有了开门七件事，就要产生垃圾。看一堆垃圾的体积之大小，品质之精粗，就可以约略看出其阶级门第，是缙绅人家还是暴发户，是书香人家还是买卖人，是忠厚人家还是假洋鬼子。吞纳什么样的东西，不免即有什么样的排泄物。

　　如何处理垃圾，是一个问题。最简便的方法是把大门打开，四顾无人，把一筐垃圾往街上一丢，然后把大门关起，眼不见心不烦。垃圾在黄尘滚滚之中随风而去，不干我事。真有人把烧过的带窟窿的煤球平平正正地摆在路上，他的理由是等车过来就会辗碎，正好填上路面的坑洼，像这样好心肠的人到处皆有。事实上每一个墙角，每一块空地，都有人善加利用倾倒垃圾。多少人在此随意便溺，难道不可以丢些垃圾？行路人等有时也帮着生产垃圾，一堆堆的甘蔗渣，一条条的西瓜皮，一块块的橘子皮，随手抛来，潇洒自如。可怜老牛拉车，路上遗矢，尚有人随后铲除，而这些路上行人食用水果反倒没有人跟着打扫！

我的住处附近有一条小河,也可以说是臭水沟,据说是什么圳的一个支流,当年小桥流水,清可见底,可以游泳其中,年久失修,渐渐壅淤,水流愈来愈窄而且表面上常漂着五彩的浮渣。这是一个大好的倾倒垃圾之处,邻近人家焉有不知之理。于是穿着条纹睡衣的主妇清早端着便壶往河里倾注,蓬头跣足的下女提着畚箕往河里倒土,还有仪表堂堂的先生往里面倒字纸篓,多少信笺信封都缓缓地漂流而去,那位先生顾而乐之。手面最大的要算是修缮房屋的人家,把大批的灰泥砖瓦向河边倒,形成了河埔新生地。有时还从上流漂来一只木板鞋,半个烂文旦,死猫死狗死猪涨得鼓溜溜的!不知是受了哪一位大人先生的恩典,这一条臭水沟被改为地下水道,上面铺了柏油路,从此这条水沟不复发生承受垃圾的作用,使得附近居民多么不便!

在较为高度开发的区域,家门口多置垃圾箱。在应该有两个石狮子或上马蹬的地方站立着一个四四方方的乌灰色的水泥箱子,那样子也够腌臜的。这箱子有门有盖,设想周到,可是不久就会门盖全飞,里面的宝藏全部公开展览。不设垃圾箱的左右高邻大抵也都不分彼此惠然肯来,把一个垃圾箱经常弄得脑满肠肥。结果是谁安设垃圾箱,谁家门口臭气四溢。箱子虽说是钢骨水泥做的,经汽车三撞五撞,也就由酥而裂而破而碎而垮。

有人独出心裁,在墙根上留上一窦穴,装入铁门,门上加锁,墙里面砌垃圾箱,独家专门,谢绝来宾。但是亦不可乐观,不久那锁先被人取走,随后门上的扣环也不见了,终于是门户洞开,左右高邻仍然是以邻为壑。

对垃圾最感兴趣的是拾烂货的人。这一行夙兴夜寐,满辛苦的,每一堆垃圾都要加上一番爬梳的功夫,看有没有可以抢救出来的物资。人弃我取,而且取不伤廉。但是在那一爬一梳之下,原状不可恢复,堆变成了摊,狼藉满地,惨不忍睹。家门以内尽管保持清洁,家门以外不堪闻问。

世界上有许多问题永久无法解决,垃圾可能是其中之一,闻说有些国家有火化垃圾的设备,或使用化学品蚀化垃圾于无形,听来都像是天方夜谭的故事。我看了门口的垃圾,常常想到朝野上下异口同声地所谓起飞,所谓进步,天下物无全美,留下一点缺陷,以为异日起飞进步的张本不亦甚善?同时我又想,难以处理的岂只是门前的垃圾,社会上各阶层的垃圾滔滔皆是,又当如何处理?

拥　挤

据我所知道，拥挤是我们中国人特有的一种现象。

有一天我等公共汽车出城，汽车站早已挤得黑鸦鸦一片，汽车尚未停稳，一群人蜂拥而上，结果是车上的人不得下来，下面的人也不得上去，一阵混战之后，上面的人倒是也下来了，下面的人除了孱弱文雅的之外倒是也都上去了。然而费掉"民力"不少。

既上车之后，不消说可以听到下列各种的呼声："嗳哟！你看看我的脚！""别挤哟！""喂，你趴在我的身子上了！""没得办法！""你倒是拉住上面的把手呀！"

有人告诉我，外国大都市的地底电车，在每天某个时间，也挤。不过又有人告诉我，外国人虽挤，挤得有秩序些。

在交通工具不够而人口众多的情形之下，这种拥挤实在也是不可免。我要说的是那种争先恐后旁若无人的态度。譬如说在邮局、车站、轮船之类的场所，那种每人各自为战的抢先姿势，实在令人难堪。

据说在外国的车站、电影院之类卖票的地方,往往摆成一个一字长蛇阵,先到者站在前面,后到者自动地附于骥尾,循序前进,而无需乎浪费体力,且可不伤和气。这个办法,我觉得好,该学。我有一次在电影院,看见一共只有三个人买票,而那三个鼎足而立不敢后人,三个人都挤得面红耳赤,都伸着脖子伸着胳臂向那一个小小的洞里挤。我想三个人固不必排长蛇阵,只要稍稍为疏散一下,就可以相当舒服的达到目的,何苦那样"团结"呢?

推行新生活运动,应该特别注意到守秩序的习惯之养成。最好是先在车站轮船之类的地方由军警严厉督促。在中小学里,教师要把守秩序的道理与方法讲给学生听。我国前驻德大使程天放先生在《时事新报》发表过一篇文章论德国的民族性,曾提起在柏林开世界运动大会时所表现出的良好秩序。我们应该效法。

不效法外国人也行,我们中国的"固有道德"不是也主张"谦让"一道吗?如能恢复固有道德,揖让雍容,公共汽车一停,大家打躬作揖地说"您请,您请",那也有意思。

算　命

从前在北平,午后巷里有锃锃的敲鼓声,那是算命先生。深宅大院的老爷太太们,有时候对于耍猴子的,耍耗子的,跑旱船的……觉得腻烦了,便半认真半消遣地把算命先生请进来。"卜以决疑,不疑何卜?"人生哪能没有疑虑之事,算算流年,问问妻财子禄,不愁没有话说。

算命先生全是盲人。大概是盲于目者不盲于心,所以大家都愿意求道于盲。算命先生被唤住之后,就有人过去拉起他的手中的马竿,"上台阶,迈门坎,下台阶,好,好,您请坐。"先生在条凳上落坐之后,少不了孩子们过来啰唣,看着他的"孤月浪中翻"的眼睛,和他脚下敷满一层尘垢的破鞋,便不住地挤眉弄眼咯咯地笑。大人们叱走孩童,提高嗓门向先生请教。请教什么呢?老年人心里最嘀咕的莫过于什么时候福寿全归,因为眼看着大限将至而不能预测究竟在哪一天呼出最后一口气,以致许多事都不能做适当的安排,这是最尴尬的事。"死生有命",正好请先生算一算命。先生干咳一声,清一清喉咙,眨一眨眼睛,按照出生的年月日时的干支八字，配合阴阳五行相生相克之理，掐指一算，口中念念有词，然后不惜泄露天机说明你的寿数。"六十六，不死掉块肉；过了这一关口，就要到七十三，过一关。这一关若是过得去，无灾无病一路往西行。"这几句话说得好，老人听得入耳。六十六，死不为夭，而且不一定就此了结。有人按算命先生的指点到了这一年买块瘦猪肉贴在背上，教儿女用切菜刀把那块肉从背上剔下来，就算是应验了掉块肉之说而可以免去一死。如果没到七十三就撒手人寰，那很简单，没能过去这一关；如果过了七十三依然健在，那也很简单，关口已过，正在一路往西行。以后如何，就看你的脚步的快慢了。而且无灾无病最快人意，因为谁也怕受床前罪，落个无疾而终岂非福气到家？《长生殿·进果》："瞎先生，真圣灵，叫一下赛神仙来算命。"瞎先生赛神仙，由来久矣。

据说有一个摆摊卖卜的人能测知任何人的父母存亡，对任何人都能断定其为"父在母先亡"，百无一失。因为父母存亡共有六种可能变化：（一）父在，而母已先亡。（二）父在母之前而亡。（三）椿萱并茂，则终有一天父在而母将先亡。（四）椿萱并茂，则终有一天父将在母之前而亡。（五）父母双亡，父在母之前而亡。（六）父母双亡，父仍在之时母已先亡。关键在未加标点，所以任何情况均可适用。这可能是捏造的笑话，不过占卜吉凶其事本来甚易，用不着搬弄三奇八门的奇门遁甲，用不着诸葛的马前时课，非吉即凶，非凶即吉，颜之推所谓"凡射奇偶，自然半收"，犹之抛起一枚硬币，非阴即阳，非阳即阴，百分之五十的准确早已在握，算而中，那便是赛神仙，算而不中，也就罢了，谁还去讨回卦金不成？何况卜筮不灵犹有不少遁词可说，命之外还有运？

韩文公文起八代之衰，以道统自任，但是他给李虚中所作的墓志铭有这样的话："李君名虚中，最深于五行书，以人之始生年月日所值日辰干支，相生胜衰死王相，斟酌推人寿夭贵贱利不利，辄先处其年时，百不失一二……"言人之休咎，百不失一二，即是准确度到了百分之九十八九，那还了得？这准确的纪录究竟是谁供给的？那时候不会有统计测验，韩文公虽然博学多闻，也未必有闲工夫去打听一百个算过命的人的寿夭贵贱。恐怕还是诔墓金的数目和李虚中的算命准确度成正比例吧？李虚中不是等闲之辈，撰有命书三种，进士出身，韩文公也就不惜摇笔一诔了。人天生的有好事的毛病，喜欢有枝添叶地传播谣言，可供谈助，无伤大雅，"子不语"，我偏要语！所以至今还有什么张铁嘴、李半仙之类的传奇人物崛起江湖，据说不需你开口就能知晓你的家世职业，活龙活现，真是神仙再世！可惜全是辗转传说，人嘴两张皮，信不信由你。

瞎子算命先生满街跑，不瞎的就更有办法，命相馆问心处公然出现在市廛之中，诹吉问卜，随时候教。有一对热恋的青年男女，私订终身，但是家长还要坚持"纳吉"的手续，算命先生折腾了半天，闭目摇头，说"嗳呀，这婚姻怕不成。乾造属虎，坤造属龙,'虎掷龙拏不相存,当年会此赌乾坤'。……"居然有诗为证,把婚姻事比做了楚汉争。前来问卜的人同情那一对小男女,从容进言:"先生,请捏合一下,卦金加倍。"先生笑逐颜开地说:"别忙,我再细算一下。龙从火里出,虎向水中生。龙骧虎跃,大吉大利。"这位先生说谎了么?没有。始终没有。这一对男女结婚之后,梁孟齐眉,白头偕老。

如果算命是我们的国粹,外国也有他们的类似的国粹。手相之术,柏拉图、亚里士多德亦不讳言之。罗马设有卜官,正合于我们的大汉官仪。所谓Sortes抽卜法,以圣经、荷马,或魏吉尔的诗篇随意翻开, 首先触目之句即为卜辞, 此法盛行希腊、罗马,和我们的测字好像是同样的方便。英国自一八二四年公布取缔流浪法案,即禁止算命这一行业的存在;美国也是把职业的算命先生列入扰乱社会的分子一类。倒是我们泱泱大国,大人先生们升官发财之余还可以揣骨看相细批流年,看看自己的生辰八字是否"蝴蝶双飞格",以便窥察此后升发的消息。在这一方面,我们保障人民自由,好像比西方要宽大得多。

过　年

　　我小时候并不特别喜欢过年，除夕要守岁，不过十二点不能睡觉，这对于一个习于早睡的孩子是一种煎熬。前庭后院挂满了灯笼，又是宫灯，又是纱灯，烛光辉煌，地上铺了芝麻秸儿，踩上去咯咯吱吱响，这一切当然有趣，可是寒风凛冽，吹得小脸儿通红，也就很不舒服。炕桌上呼卢喝雉，没有孩子的份。压岁钱不是白拿，要叩头如捣蒜。大厅上供着祖先的影像，长辈指点曰："这是你的曾祖父，曾祖母，高祖父，高祖母……"虽然都是岸然道貌微露慈祥，我尚不能领略慎终追远的意义。"姑娘爱花小子要炮……"我却怕那大麻雷子、二踢脚子。别人放鞭炮，我躲在屋里捂着耳朵。每人分一包杂拌儿，哼，看那桃脯、蜜枣沾上的一层灰尘，怎好往嘴里送？年夜饭照例是特别丰盛的。大年初几不动刀，大家歇工，所以年菜事实上即是大锅菜。大锅的炖肉，加上粉丝是一味，加上蘑菇又是一味；大锅的炖鸡，加上冬笋是一味，加上番薯又是一味，都放在特大号的锅、罐子、盆子里，此后随取随吃，大概历十余日不得罄，事实上是天天打扫剩菜。满缸的馒头,满缸的腌白菜,满缸的咸疙瘩,不知道什么时候才可以见底。芥末堆儿、素面筋、十香菜比较的受欢迎。除夕夜,一交子时,煮饽饽端上来了。我困得低枝倒挂,哪有胃口去吃?胡乱吃两个,倒头便睡,不知东方之既白。

初一特别起得早,梳小辫儿,换新衣裳,大棉袄加上一件新蓝布罩袍、黑马褂、灰鼠绒绿鼻脸儿的靴子。见人就得请安,口说:"新喜"。日上三竿,骡子轿车已经套好,跟班的捧着拜匣,奉命到几家最亲近的人家拜年去也。如果运气好,人家"挡驾",最好不过,递进一张帖子,掉头就走。否则一声"请",便得升堂入室,至少要朝上磕三个头,才算礼成。这个差事我当过好几次,从心坎儿觉得窝囊。

民国前一两年,我的祖父母相继去世,由我父亲领导在家庭生活方式上作维新运动,革除了许多旧习,包括过年的仪式在内。我不再奉派出去挨门磕头拜年。我从此不再是磕头虫儿。过年不再做年菜,而向致美斋定做八道大菜及若干小菜,分装四个圆笼,除日挑到家中,自己家里也购备一些新鲜菜蔬以为辅佐。一连若干天顿顿吃煮饽饽的怪事,也不再在我家出现。我父亲说:"我愿在哪一天过年就在哪一天过年,何必跟着大家起哄?"逛厂甸,我们是一定要去的,不是为了喝豆汁儿、吃煮豌豆,或是那大糖葫芦,是为了要到海王村和火神庙去买旧书。白云观我们也去过一次,一路上吃尘土,庙里面人挤人,哪里有神仙可会,我再也不作第二次想。过年时,我最难忘的娱乐之一是放风筝,风和日丽的时候,独自在院子里挑起一根长竹竿,一手扶竿,一手持线桃子,看着风筝冉冉上升,御风而起,一霎时遇到罡风,稳稳的停在半天空,这时候虽然冻得涕泗横流,而我心滋乐。

民国元年初, 大总统袁世凯唆使曹锟驻禄米仓部队兵变,大掠平津,那一天正是阴历正月十二,给万民欢腾的新年假期做了一个悲惨而荒谬的结束,从此每个新年我心里就有一个驱不散的阴影。大家都说恭贺新喜,我不知喜从何来。

拜　年

　　拜年不知始自何时。明田汝成《熙朝乐事》:"正月元旦,夙兴盥嗽,啖黍糕,谓年年糕,家长少毕拜,姻友投笺互拜,谓拜年。"拜年不会始自明时,不过也不会早,如果早已相习成风,也就不值得特为一记了。尤其是务农人家,到了岁除之时,比较清闲,一年辛苦,透一口气,这时节酒也酿好了,腊肉也腌透了,家祭蒸尝之余,长少毕拜,所谓"新岁为人情所重",大概是自古已然的了。不过演变到姻友投笺互拜,那就是另一回事了。

　　回忆幼时,过年是很令人心跳的事。平素轻易得不到的享乐与放纵,在这短短几天都能集中实现。但是美中不足,最煞风景的莫过于拜年一事。自己辈份低,见了任何人都只有磕头的份。而纯洁的孩提,心里实在纳闷,为什么要在人家面前匍匐到"头着地"的地步。那时节拜年是以向亲友长辈拜年为限。这份差事为人子弟的是无法推脱的。我只好硬着头皮穿上马褂缎靴,跨上轿车,按照单子登门去拜年。有些人家"挡驾",我认为这最知趣;有些人家迎你升堂入室,受你一拜,然后给你一盏甜茶,扯几句淡话,礼毕而退;有些人家把你让到正大厅,内中阒无一人,任你跪在红毡子上朝上磕头,活见鬼!如是者总要跑上三两天。见人就磕头,原是处世妙方,可惜那时不甚了了。

后来年纪渐长,长我一辈两辈的人都很合理的凋谢了,于是每逢过年便不复为拜年一事所苦。自己吃过的苦,也无意再加在自己的儿子身上去。阳春雪霁,携妻室儿女去挤厂甸,冻得手脚发僵,买些琉璃喇叭大糖葫芦,比起奉命拜年到处作磕头虫,岂不有趣得多?

几十年来我已不知拜年为何物。初到台湾时,大家都是惊魂甫定,谈不到年,更谈不到拜年。最近几年来,情形渐渐不对了,大家忽的一窝蜂拜起年来了。天天见面的朋友们也相拜年,下属给长官拜年,邻居给邻居拜年。初一那天,我居住的陋巷真正的途为之塞,交通断绝一二小时。每个人咧着大嘴,拱拱手,说声"恭喜发财",也不知喜从何处来,财从何处发,如痴如狂,满大街小巷的行尸走肉。一位天主教的神父,见了我也拱起手说"恭喜发财",出家人尚且如此,在家人复有何说?这不合古法,也不合西法,而且也不合情理,完全是胡闹。

胡闹而成了风气,想改正便不容易。有一位不肯随波逐流的人,元旦之晨犹拥被高卧,但是禁不住家人催促,只好强勉出门,未能免俗。心里忽然一动,与其游朱门,不如趋蓬户,别人锦上添花,我偏雪中送炭,于是他不去拜上司,反而去拜下属。于是进陋巷,款柴扉,来应门的是一个三尺童子,大概从来没见有这样的人来拜年过,小孩子亦受宠若惊,回头就跑,正好触到一块绊脚石,跌了一跤,脑袋撞在石阶上,鲜血直喷。拜年者和被拜年者慌作一团,送医院急救,一场血光之灾结束了一场拜年的闹剧,可见顺逆之势不可强勉,要拜年还是到很多人都去拜年的地方去拜。

拜年者使得人家门庭若市,对于主人也构成威胁。我看见有人在门前张贴告示:"全家出游,恭贺新禧!"有时亦不能收吓阻之效,有些客人便闯进去,则室内高朋满座,香烟缭绕,一桌子的糖果,一地的瓜子皮。使得投笺拜年者反倒显着生分了。在这种场合,剥两只干桂圆,喝几口茶水,也就可以起身,不必一定要像以物出物的楔子, 等待下一批客人来把你生顶出去。拜年虽非普通日子访客可比,究竟仍以给人留下吃饭睡觉的时间为宜。

有人向我说:"你别自以为众醉独醒,大家的见识是差不多的,谁愿意把两腿弄得清酸,整天价在街上狼奔豕窜?还不是闷得发慌?到了新正,荒斋之内举目皆非,想想家乡不堪闻问,瞻望将来则有的说有望,有的说无望,有的心里无望而嘴巴里却说有望,望,望,望,我们望了十多年了,以后不知还要再望多么久。人是血肉做的,一生有几个十多年?过年放假,家中闲坐,闷得发慌,会要得病的,所以这才追随大家之后,街上跑跑,串串门子,不为无益之事,何以遣有涯之生?谁还真个要给谁拜年?拜年?想得好!兴奋之后便是麻痹,难得大家兴奋一下。"

这样说来,拜年岂不是成了一种"苦闷的象征"?

乞 丐

在我住的这一个古老的城里,乞丐这一种光荣的职业似乎也式微了。从前街头巷尾总点缀着一群三分像人七分像鬼的家伙,缩头缩脑地挤在人家房檐底下晒太阳,捉虱子,打瞌睡,啜冷粥,偶尔也有些个能挺起腰板,露出笑容,老远地就打躬请安,满嘴的吉祥话,追着洋车能跑上一里半里,喘得像只风箱。还有些扯着哑嗓穿行街巷大声地哀号,像是担贩的吆喝。这些人现在都到哪里去了?

据说,残羹剩饭的来源现在不甚畅了,大概是剩下来的鸡毛蒜皮和一些汤汤水水的东西都被留着自己度命了,家里的一个大坑还填不满,怎能把余沥去滋润别人!一个人单靠喝西北风是维持不了多久的。追车乞讨么?车子都渐渐现代化,在沥青路上风驰电掣,飞毛腿也追不上。汽车停住,砰的一声,只见一套新衣服走了出来,若是一个乞丐赶上前去,伸出胳臂,手心朝上,他能得到什么?给他一张大票,他找得开么?沿街托钵,呼天抢地也没有用。人都穷了,心都硬了,耳都聋了。偌大的城市已经养不起这种近于奢侈的职业。不过，乞丐尚未绝种，在靠近城市的大垃圾山上，还有不少同志在那里发掘宝藏，埋头苦干，手脚并用，一片喧阗。他们并不扰乱治安，也不侵犯产权，但是，说老实话，这群乞丐，无益税收，有碍市容，所以难免不像捕捉野犬那样地被捉了去。饿死的饿死，老成凋谢，继起无人，于是乞丐一业逐渐衰微。

在乞丐的艺术还很发达的时候，有一个乞讨的妇人给我很深的印象。她的巡回的区域是在我们学校左边。她很知道争取青年，专以学生为对象。她看见一个学生远远地过来，她便在路旁立定，等到走近，便大喊一声"敬礼"，举手、注视、一切如仪。她不喊"爷爷""奶奶"，她喊"校长"，她大概知道新的升官图上的晋升的层次。随后是她的申诉，其中主要的一点是她的一个老母，年纪是八十。她继续乞讨了五六年，老母还是八十。她很机警，她追随几步之后，若是觉得话不投机，她的申诉便戛然而止，不像某些文章那样啰嗦。她若是得到一个铜板，她的申诉也戛然而止，像是先生听到下课铃声一般。这个人如果还活着，我相信她一定能编出更合时代潮流的一套新词。

我说乞丐是一种光荣的职业，并不含有鼓励懒惰的意思。乞丐并不是不劳而获的人，你看他晒得黧黑干瘦，跑得上气不接下气，何曾安逸。而且他取不伤廉，勉强维持他的灵魂与肉体不至涣散而已。他的乞食的手段不外两种：一种是引人怜，一是讨人厌。他满口"祖宗""奶奶"地乱叫，听者一旦发生错觉，自己的孝子贤孙居然沦落到这地步,恻隐之心就会油然而起。他若是背有瞎眼的老妈在你背后亦步亦趋,或是把畸形的腿露出来给你看,或是带着一窝的孩子环绕着你叫唤,或是在一块硬砖上稽颡在额上撞出一个大包,或是用一根草棍支着那有眼无珠的眼皮,或是像一个"人彘"似的就地擦着,或者申说遭遇,比"舍弟江南死,家兄塞北亡"还要来得凄怆,那么你那磨得邦硬的心肠也许要露出一丝的怜悯。怜悯不能动人,他还有一套讨厌的办法。他满脸的鼻涕眼泪,你越厌烦,他挨得越近,看看随时都会贴上去的样子,这时你便会情愿出钱打发他走开,像捐款做一桩卫生事业一般。不管是引人怜或是讨人厌,不过只是略施狡狯,无伤大雅。他不会伤人,他不会犯法;从没有一个人想伤害一个乞丐,他的那一把骨头,不足以当尊臂,从没有一种法律要惩治乞丐,乞丐不肯触犯任何法律所以才成为乞丐。乞丐对社会无益,至少也是并无大害,顶多是有一点有碍观瞻,如有外人参观,稍稍避一下也就罢了。有人认为乞丐是社会的寄生虫,话并不错,不过在寄生虫这一门里,白胖的多得是,一时怕数不到他罢?

从没有听说过什么人与乞丐为友,因而亦流于乞丐。乞丐永远是被认为现世报的活标本。他的存在饶有教育意义。无论交友多么滥的人,交不到乞丐,乞丐自成为一个阶级,真正的"无产"阶级(除了那只沙锅),乞丐是人群外的一种人。他的生活之最优越处是自由;鹑衣百结,无拘无束,街头流浪,无签到

133

请假之烦，只求免于冻馁，富贵于我如浮云。所以俗语说："三年要饭，给知县都不干。"乞丐也有他的穷乐。我曾想象一群乞丐享用一只"花子鸡"的景况，我相信那必是一种极纯洁的快乐。Charles Lamb 对于乞丐有这样的赞颂：

"褴褛的衣衫，是贫穷的罪过，却是乞丐的袍褂，他的职业的优美的标识，他的财产，他的礼服，他公然出现于公共场所的服装。他永远不会过时，永远不追在时髦后面。他无须穿着宫廷的丧服。他什么颜色都穿，什么也不怕。他的服装比桂格教派的人经过的变化还少。他是宇宙间唯一可以不拘外表的人。世间的变化与他无干。只有他屹然不动。股票与地产的价格不影响他。农业的或商业的繁荣也与他无涉，最多不过是给他换一批施主。他不必担心有人找他做保。没有人肯过问他的宗教或政治倾向。他是世界上唯一的自由人。"

话虽如此，谁不到山穷水尽谁也不肯做这样的自由人。只有一向做神仙的，如李铁拐和济公之类，游戏人间的时候，才肯短期地化身为一个乞丐。

风　水

何谓风水?相传郭璞所撰《葬书》说:"葬者乘生气也。经曰,气乘风则散,界水则止。古人聚之使不散,行之使有止,故谓之风水。"这话好像等于没说。揣摩其意,大概是说,丧葬之地须要注意其地势环境,尽可能的要找一块令人满意的地方。至于什么"气乘风则散,界水则止",就有点近于玄虚,人死则气绝,还有什么气散气止之可说?

葬地最好是在比较高亢的地方, 因为低隰的地方容易积水,对于死者骸骨不利;如果地势开廓爽朗,作为阴宅,子孙看着也会觉得心安。这都是可以理解的。不过一定要寻龙探脉,找什么"生龙口",那就未免太难。堪舆家所谓的各种各样的穴形,诸如 "七星伴月形"、"双燕抱梁形"、"游龙戏水形"、"美女献花形"、"金凤朝阳形"、"乌鸦归巢形"、"猛虎擒羊形"、"骑马斩关形"……无穷无尽的藏风聚气的吉穴之形,堪舆家说得头头是道,美不可言。我们肉眼凡胎,不谙青乌之术,很难理解,只好姑妄听之。更有所谓"阴刀出鞘形"者,就似乎是想入非非了。

吉穴的形势何以能影响到后代子孙的发旺富贵,这道理不容易解释。历来学者有许多对于风水之说抱怀疑态度。《张子全书》:"葬法有风水山冈之说,此全无义理。"全无义理,就是胡说乱道之意。司马光《葬论》:"孝经云:'卜其宅兆。'非若今阴阳家相其山冈风水也。"他也是一口否定了风水的说法。可是多少年来一般民众卜葬尊亲,很少不请教堪舆家的,好像不是为死者求福,而是为后人的富贵着想。活人还想讨死人的便宜。死人有剩余价值,他的墓地风水还能给活人以福祉灾殃!"不得三尺土,子孙永代苦。"真有这种事么?

有人仕途得意,历经宦海风波,而保持官职如故,人讽之为五朝元老,彼亦欣然以长乐老为荣。或问其术安在,答曰:"祖坟风水佳耳。"后来失势,狼狈去官,则又曰:"听说祖坟上有一棵大树如盖,乃风水所系,被人砍去,遂至如此。"不曰富贵在天,乃云富贵在地!在一棵树!

人做了皇帝,都以为是子孙万世之业,并且也知道自古没有万岁天子,所以通常在位时就兴建陵寝。风水之佳,规模之大,当然不在话下。我曾路过咸阳,向导遥指一座高高大大的土丘说:"那就是秦始皇墓。"我当然看不出那地方风水有什么异样,我只知道他的帝柞不永,二世而斩。近年他的坟墓也被掘得七零八落了。陵寝有再好不过的风水,也自身难保,还管得了他的孝子贤孙变成为飘萍断梗?近如清朝的慈禧太后,活的时候营建颐和园,造孽还不够,陵寝也造得坚固异常,然而曾几何时禁不住孙殿英的火药炮轰，落得尸骨狼藉。或曰，这怪不得风水，这是气数已尽。既讲风水，又说气数，真是横说横有理，竖说竖有理。

阴宅讲风水，阳宅焉能不讲？民间最起码的风水常识是大门要开在左方。《礼记·曲礼上》："行，前朱鸟而后玄武，左青龙而右白虎。"其实这是说行军时族旗的位置。后来道家思想才以青龙为最贵之神，白虎为凶神。门开在右手则犯冲了太岁。迄今一般住宅的大门（如果有大门）都是开在左方的。大家既然尚左，成了习俗，我们也就不妨从众。我曾见有些人家，重建大门，改成斜的，是真所谓"斜门"！吉凶祸福，原因错综复杂，岂是两扇大门的位置方向所能左右？车靠左边走，车靠右边行，同样的会出车祸。

不知道为什么别人家的山墙房脊冲着我家就于我不利，普通的禳避之法是悬起一面镜子，把迎面而来的凶煞之气轻而易举的反照回去，让对方自己去受用。如果镜子上再画上八卦，则更有除邪厌胜的效力。太上老君、诸葛孔明和捉鬼的道士不都是穿八卦衣么？

据说都市和住宅的地形也事关风水，不可等闲视之。《朱子语录》："古今建都之地，莫过于冀，所谓无风以散之，有水以界之也。"可是看看那些建都之地，所谓的王气也都没有能延长多久，徒令后人兴起铜驼荆棘之感。北平城墙不是完全方方正正的，西北角和东南角都各缺一块，据说是像"天塌西北地陷东南"，谁也不知道这究竟起了什么作用。只知道如今城墙被拆除了。住宅的地形如果是长方形，前面宽而后面窄，据说不仅是没有裕后之象，而且形似棺木，凶。前些年我就住过这样的一栋房子，住了七年，没事。先我居住此房者，和在我以后迁入者，均奄忽而殁，这有什么稀奇，人孰无死？有一位朋友，其家背山面水，风景奇佳，一日大雨山崩，人与屋俱埋于泥沙之中，死生有命，非关风水。

近来新官上任，纵不修葺，那张办公桌子却要摆来摆去，斟酌再三，总要摆出一个大吉大利的阵式。一般人家安设床铺也要考虑，大概面西就不大好，怕的是一路归西。西方本是极乐世界所在，并非恶地。床无论面向何方，人总是一路往西行的。

客有问于余者曰："先生寓所，风水何如？"我告诉他，我住的地方前后左右都是高楼大厦，我好像是藏身谷底，终日面壁，罕见阳光，虽然台风吹来，亦不大有所感受，还说什么风水？出门则百尺以内，有理发馆六七处，餐厅二十多家，车龙马水，闹闹轰轰，还说什么风水？自求多福，如是而已。

女　人

　　有人说女人喜欢说谎；假如女人所捏撰的故事都能抽取版税，便很容易致富。这问题在什么叫做说谎。若是运用小小的机智，打破眼前小小的窘僵，获取精神上小小的胜利，因而牺牲一点点真理，这也可以算是说谎，那么，女人确是比较的富于说谎的天才。有具体的例证。你没有陪过女人买东西吗?尤其是买衣料，她从不干干脆脆的说要做什么衣，要买什么料，准备出多少钱。她必定要东挑西拣，翻天覆地，同时口中念念有词，不是嫌这匹料子太薄，就是怪那匹料子花样太旧，这个不禁洗，那个不禁晒，这个缩头大，那个门面窄，批评得人家一文不值。其实，满不是这么一回事，她只是嫌价码太贵而已!如果价钱便宜，其他的缺点全都不成问题，而且本来不要买的也要购储起来。一个女人若是因为炭贵而不升炭盆，她必定对人解释说："冬天升炭盆最不卫生，到春天容易喉咙痛!"屋顶渗漏，塌下盆大的灰泥，在未修补之前，女人便会向人这样解释："我预备在这地方安装电灯。"自己上街买菜的女人，常常只承认散步和呼吸新鲜空气是她上市的唯一理由。艳羡汽车的女人常常表示她最厌恶汽油的臭味。坐在中排看戏的女人常常说前排的头等座位最不舒适。一个女人馈赠别人，必说："实在买不到什么好的……"其实这东西根本不是她买的，是别人送给她的。一个女人表示愿意陪你去上街走走，其实是她顺便要买东西。总之，女人总欢喜拐弯抹角的，放一个小小的烟幕，无伤大雅，颇占体面。这也是艺术，王尔德不是说过"艺术即是说谎"么？这些例证还只是一些并无版权的谎话而已。

女人善变，多少总有些哈姆雷特式，拿不定主意；问题大者如离婚结婚，问题小者如换衣换鞋，都往往在心中经过一读二读三读，决议之后再复议，复议之后再否决，女人决定一件事之后，还能随时做一百八十度的大转弯，做出那与决定完全相反的事，使人无法追随。因为变得急速所以容易给人以"脆弱"的印象。莎士比亚有一名句："'脆弱'呀，你的名字叫做'女人！'"但这脆弱，并不永远使女人吃亏。越是柔韧的东西越不易摧折。女人不仅在决断上善变，即便是一个小小的别针位置也常变，午前在领扣上，午后就许移到了头发上。三张沙发，能摆出若干阵势；几根头发，能梳出无数花头，讲到服装，其变化之多，常达到荒谬的程度。外国女人的帽子，可以是一根鸡毛，可以是半只铁锅，或是一个畚箕。中国女人的袍子，变化也就够多，领子高的时候可以使她像一只长颈鹿，袖子短的时候恨不得使两腋生风，至于纽扣盘花，滚边镶绣，则更加是变幻莫测。"上帝给她一张脸，她能另造一张出来。""女人是水做的"，是活水，不是止水。

女人善哭。从一方面看，哭常是女人的武器，很少人能抵抗她这泪的洗礼。俗语说："一哭二闹三上吊"，这一哭确实其势难当。但从另一方面看，哭也常是女人的内心的"安全瓣"。女人的忍耐的力量是伟大的，她为了男人，为了小孩，能忍受难堪的委屈。女人对于自己的享受方面，总是属于"斯多亚派"的居多。男人不在家时，她能立刻变成为素食主义者，火炉里能爬出老鼠，开电灯怕费电，再关上又怕费开关。平素既已极端刻苦，一旦精神上再受刺激，便忍无可忍，一腔悲怨天然的化做一把把的鼻涕眼泪，从"安全瓣"中汩汩而出，腾出空虚的心房，再来接受更多的委屈。女人很少破口骂人（骂街便成泼妇，其实甚少），很少揎袖挥拳，但泪腺就比较发达。善哭的也就常常善笑，迷迷的笑，吃吃的笑，咯咯的笑，哈哈的笑，笑是常驻在女人脸上的，这笑脸常常成为最有效的护照。女人最像小孩，她能为了一个滑稽的姿态而笑得前仰后合，肚皮痛，淌眼泪，以至于翻筋斗！哀与乐都像是常川有备，一触即发。

女人的嘴，大概是用在说话方面的时候多。女孩子从小就往往口齿伶俐，就是学外国语也容易琅琅上口，不像嘴里含着一个大舌头。等到长大之后，三五成群，说长道短，声音脆，嗓门高，如蝉噪，如蛙鸣，真当得好几部鼓吹！等到年事再长，万一堕入"长舌"型，则东家长，西家短，飞短流长，搬弄多少是非，惹出无数口舌；万一堕入"喷壶嘴"型，则琐碎繁杂，絮聒唠叨，一件事要说多少回，一句话要说多少遍，如喷壶下注，万流齐发，当

者披靡,不可向迩!一个人给他的妻子买一件皮大衣,朋友问他
"你是为使她舒适吗?"那人回答说:"不是,为使她少说些话!"

女人胆小,看见一只老鼠而当场昏厥,在外国不算是奇闻。
中国女人胆小不至如此,但是一声霹雷使得她拉紧两个老妈子
的手而仍战栗不止,倒是确有其事。这并不是做作,并不是故意
在男人面前作态,使他有机会挺起胸脯说:"不要怕,有我在!"
她是真怕。在黑暗中或荒僻处,没有人,她怕;万一有人,她更
怕!屠牛宰羊,固然不是女人的事,杀鸡宰鱼,也不是不费手脚。
胆小的缘故,大概主要的是体力不济。女人的体温似乎较低一
些,有许多女人怕发胖而食无求饱,营养不足,再加上怕臃肿而
衣裳单薄,到冬天瑟瑟打战,袜薄如蝉翼,把小腿冻得作"浆米
藕"色,两只脚放在被里一夜也暖不过来,双手捧热水袋,从八
月捧起,捧到明年五月,还不忍释手。抵抗饥寒之不暇,焉能望
其胆大。

女人的聪明,有许多不可及处,一根棉线,一下子就能穿入
针孔,然后一下子就能在线的尽头处打上一个结子,然后扯直
了线在牙齿上砰砰两声,针尖在头发上擦抹两下,便能开始解
决许多在人生中并不算小的苦恼,例如缝上衬衣的扣子,补上
袜子的破洞之类。至于几根篾棍,一上一下的编出多少样物事,
更是令人叫绝。有学问的女人,创辟"沙龙",对任何问题能继续
谈论至半小时以上,不但不令人入睡,而且令人疑心她是内行。

男　人

　　男人令人首先感到的印象是脏！当然，男人当中亦不乏刷洗干净洁身自好的，甚至还有油头粉面衣冠楚楚的，但大体讲来，男人消耗肥皂和水的数量要比较少些。某一男校，对于学生洗澡是强迫的，入浴签名，每周计核，对于不曾入浴的初步惩罚是宣布姓名，最后的断然处置是定期强迫入浴，并派员监视，然而日久玩生，签名簿中尚不无浮冒情事。有些男人，西装裤尽管挺直，他的耳后脖根，土壤肥沃，常常宜于种麦！袜子手绢不知随时洗涤，常常日积月累，到处塞藏，等到无可使用时，再从那一堆污垢存货当中拣选比较干净的去应急。有些男人的手绢，拿出来硬像是土灰面制的百果糕，黑糊糊黏成一团，而且内容丰富。男人的一双脚，多半好像是天然的具有泡菜霉干菜再加糖蒜的味道，所谓"濯足万里流"是有道理的，小小的一盆水确是无济于事，然而多少男人却连这一盆水都吝而不用，怕伤元气。两脚既然如此之脏，偏偏有些"逐臭之夫"喜于脚上藏垢纳污之处往复挖掘，然后嗅其手指，引以为乐！多少男人洗脸都是专洗本部，边疆一概不理，洗脸完毕，手背可以不湿，有的男人是在结婚后才开始刷牙。"扪虱而谈"的是男人。还有更甚于此者,曾有人当众搔背,结果是从袖口里面摔出一只老鼠!除了不可挽救的脏相之外,男人的脏大概是由于懒。

对了!男人懒。他可以懒洋洋坐在旋椅上,五官四肢,连同他的脑筋(假如有),一概停止活动,像呆鸟一般;"不闻夫博弈者乎……"那段话是专对男人说的。他若是上街买东西,很少时候能令他的妻子满意,他总是不肯多问几家,怕跑腿,怕费话,怕讲价钱。什么事他都嫌麻烦,除了指使别人替他做的事之外,他像残废人一样,对于什么事都愿坐享其成,而名之曰"室家之乐"。他提前养老,至少提前三二十年。

紧毗连着"懒"的是"馋"。男人大概有好胃口的居多。他的嘴,用在吃的方面的时候多,他吃饭时总要在菜碟里发现至少一英寸见方半英寸厚的肉,才能算是没有吃素。几天不见肉,他就喊"嘴里要淡出鸟儿来!"若真个三月不知肉味,怕不要淡出毒蛇猛兽来!有一个人半年没有吃鸡,看见了鸡毛帚就流涎三尺。一餐盛馔之后,他的人生观都能改变,对于什么都乐观起来。一个男人在吃一顿好饭的时候,他脸上的表情硬是在感谢上天待人不薄;他饭后衔着一根牙签,红光满面,硬是觉得可以骄人。主中馈的是女人,修食谱的是男人。

男人多半自私。他的人生观中有一基本认识,即宇宙一切均是为了他的舒适而安排下来的。除了在做事赚钱的时候不得不忍气吞声的向人奴膝婢颜外,他总是要做出一副老爷相。他的家便是他的国度,他在家里称王。他除了为赚钱而吃苦努力外,他是一个"伊比鸠派",他要享受。他高兴的时候,孩子可以骑在他的颈上,他引颈受骑,他可以像狗似的满地爬;他不高兴时,他看着谁都不顺眼,在外面受了闷气,回到家里来加倍的发作。他不知道女人的苦处。女人对于他的殷勤委曲,在他看来,就如同犬守户鸡司晨一样的稀松平常,都是自然现象。他说他爱女人,其实他不是爱,是享受女人。他不问他给了别人多少,但是他要在别人身上尽量榨取。他觉得他对女人最大的恩惠,便是把赚来的钱全部或部分拿回家来,但是当他把一卷卷的钞票从衣袋里掏出来的时候, 他的脸上的表情是骄傲的成分多,亲爱的成分少,好像是在说:"看我!你行么?我这样待你,你多幸运!"他若是感觉到这家不复是他的乐园,他便有多样的借口不回到家里来。他到处云游,他另辟乐园。他有聚餐会,他有酒会,他有桥会,他有书会画会棋会,他有夜会,最不济的还有个茶馆。他的享乐的方法太多。假如轮回之说不假,下世侥幸依然投胎为人,很少男人情愿下世做女人的。他总觉得这一世生为男身,而享受未足,下一世要继续努力。

"群居终日,言不及义",原是人的通病,但是言谈的内容,却男女有别。女人谈的往往是"我们家的小妹又病了!""你们家每月开销多少?"之类。男人的是另一套,普通的方式,男人的谈话,最后不谈到女人身上便不会散场。这一个题目对男人最有兴味。如果有一个桃色案他们唯恐其和解得太快。他们好议论人家的隐私,好批评别人的妻子的性格相貌。"长舌男"是到处有的,不知为什么这名词尚不甚流行。

孩　子

　　兰姆是终身未娶的，他没有孩子，所以他有一篇《未婚者的怨言》收在他的《伊利亚随笔》里。他说孩子没有什么稀奇，等于阴沟里的老鼠一样，到处都有，所以有孩子的人不必在他面前炫耀。他的话无论是怎样中肯，但在骨子里有一点酸——葡萄酸。

　　我一向不信孩子是未来世界的主人翁，因为我亲见孩子到处在做现在的主人翁。孩子活动的主要范围是家庭，而现代家庭很少不是以孩子为中心的。一夫一妻不能成为家，没有孩子的家像是一株不结果实的树，总缺点什么；必定等到小宝贝呱呱坠地，家庭的柱石才算放稳，男人开始做父亲；女人开始做母亲，大家才算找到各自的岗位。我问过一个并非"神童"的孩子："你妈妈是做什么的?"他说："给我缝衣的。""你爸爸呢?"小宝贝翻翻白眼："爸爸是看报的!"但是他随即更正说："是给我们挣钱的。"孩子的回答全对。爹妈全是在为孩子服务。母亲早晨喝稀饭，买鸡蛋给孩子吃；父亲早晨吃鸡蛋，买鱼肝油精给孩子吃。最好的东西都要献呈给孩子,否则,做父母的心里便起惶恐,像是做了什么大逆不道的事一般。孩子的健康及其舒适,成为家庭一切设施的一个主要先决问题。这种风气,自古已然,于今为烈。自有小家庭制以来,孩子的地位顿形提高。以前的"孝子"是孝顺其父母之子,今之所谓"孝子"乃是孝顺其孩子之父母。孩子是一家之主,父母都要孝他!

"孝子"之说,并不偏激。我看见过不少的孩子,鼓噪起来能像一营兵;动起武来能像械斗;吃起东西来能像饿虎扑食;对于尊长宾客有如生番;不如意时撒泼打滚有如羊痫,玩得高兴时能把家具什物狼藉满室,有如惨遭洗劫;……但是"孝子"式的父母则处之泰然,视若无睹,顶多皱起眉头,但皱不过三四秒钟仍复堆下笑容,危及父母的生存和体面的时候,也许要狠心咒骂几声,但那咒骂大部份是哀怨乞怜的性质,其中也许带一点威吓,但那威吓只能得到孩子的讪笑,因为那威吓是向来没有兑现过的。"孟懿子问孝,子曰:'无违。'"今之"孝子"深韪是说。凡是孩子的意志,为父母者宜多方体贴,勿使稍受挫阻。近代儿童教育心理学者又有"发展个性"之说,与"无违"之说正相符合。

体罚之制早已被人唾弃,以其不合儿童心理健康之故。我想起一个外国的故事:

一个母亲带孩子到百货商店。经过玩具部,看见一匹木马,孩子一跃而上,前摇后摆,踌躇满志,再也不肯下来。那木马不是为出售的，是商店的陈设。店员们叫孩子下来，孩子不听；母亲叫他下来，加倍不听；母亲说带他吃冰淇淋去，依然不听；买朱古力糖去，格外不听。任凭许下什么愿，总是还你一个不听；当时演成僵局，顿成胶着状态。最后一位聪明的店员建议说："我们何妨把百货商店特聘的儿童心理学家请来解围呢？"众谋金同，于是把一位天生成有教授面孔的专家从八层楼请了下来。专家问明原委，轻轻走到孩子身边，附耳低声说了一句话，那孩子便像触电一般，滚鞍落马，牵着母亲的衣裙，仓皇遁去。事后有人问那专家到底对孩子说的是什么话，那专家说："我说的是：'你若不下马，我打碎你的脑壳！'"

这专家真不愧为专家，但是颇有不孝之嫌。这孩子假如平常受惯了不兑现的体罚、威吓，则这专家亦将无所施其技。约翰孙博士主张不废体罚，他以为体罚的妙处在于直截了当，然而约翰孙博士是十八世纪的人，不合时代潮流！

哈代有一首小诗，写孩子初生，大家誉为珍珠宝贝，稍长都夸做玉树临风，长成则为非作歹，终至于陈尸绞架。这老头子未免过于悲观。但是"幼有神童之誉，少怀大志，长而无闻，终乃与草木同朽"——这确是个可以普遍应用的公式。"小时聪明，大时未必了了。"究竟是知言，然而为父母者多属乐观。孩子才能骑木马，父母便幻想他将来指挥十万貔貅时之马上雄姿；孩子才把一曲抗战小歌哼得上口，父母便幻想着他将来喉声一啭彩声雷动时的光景，孩子偶然拨动算盘，父母便暗中揣想他将来

148

或能掌握财政大权，同时兼营投机买卖；……这种乐观往往形诸言语，成为炫耀，使旁观者有说不出的感想。曾见一幅漫画：一个孩子跪在他父亲的膝头用他的玩具敲打他父亲的头，父亲眯着眼在笑，那表情像是在宣告："看看！我的孩子！多么活泼，多么可爱！"旁边坐着一位客人裂着大嘴做傻笑状，表示他在看着，而且感觉兴趣。这幅画的标题是："演剧术"。一个客人看着别人家的孩子而能表示感觉兴趣，这真确实需要良好的"演剧术"。兰姆显然是不欢喜演这样的戏。

孩子中之比较最蠢，最懒，最刁，最泼，最丑，最弱，最不讨人欢喜的，往往最得父母的钟爱。此事似颇费解，其实我们应该记得《西游记》中唐僧为什么偏偏欢喜猪八戒。

谚云："树大自直"，意思是说孩子不需管教，小时恣肆些，大了自然会好。可是弯曲的小树，长大是否会直呢？我不敢说。

升官图

赵瓯北《陔馀丛考》有这样一段：

世俗局戏，有"升官图"，开列大小官位于纸上，以明琼掷之，计点数之多寡，以定升降。按房千里有《骰子选格序》云："以六骰双双为戏，更投局上，以数多少为进身职官之差，丰贵而约贱，有为尉掾而止者，有贵为将相者，有连得美名而后不振者，有始甚微而倏然于上位者。大凡得失不系贤不肖，但卜其偶不偶耳。"此即"升官图"之所由本也。

这使我忆起儿时游戏的升官图，不过方法略有不同；门口打糖锣儿的就卖升官图，一张粗糙亮光的白纸，上面印满了由白丁、秀才、举人、进士，以至太师、太傅、太保的各种官阶。玩的时候，三五人均可，围着升官图，不用"明琼"（骰子之别称），用一个木质的方形而尖端的"拈拈转儿"，这拈拈转儿上面有四字"德、才、功、赃"，一个字写在一面上，用手指用力一捻，就像陀罗似的旋转起来,倒下去之后看哪一个字在上面,德、才、功都有升迁,赃则贬抑。有时候学优则仕,青云直上,春风得意,加官进爵。有时候宦情惨淡,官程蹭蹬,可能"事官千日,失在一朝",爬得高跌得重,虽贵为台辅,位至封疆,禁不住几个赃字,一连几个倒栽葱,官爵尽削,还为庶人。一个铜板就可以买一张升官图,可以玩个好半天。

民国建始,万象更新,不知哪一位现代主义者动脑筋到升官图上,给它换了新装,秀才、举人、进士换了小学生、中学生、大学生,尚书换了部长,巡抚换了督军,而最高当局为总统、副总统、国务总理。官名虽然改变,升官的道理与升官的途径则一仍旧贯,所以我们玩起来并不觉得有什么异样,而且反觉得有更多的真实之感,纵然是游戏,亦未与现实脱节。

我曾想,儿童玩具有两样东西要不得,一个是各型各式的扑满,一个是升官图。扑满教人储蓄,储蓄是良好习惯,不过这习惯是不是应该在孩提时代就开始,似不无疑问。"饥荒心理"以后有的是培养的机会。长大成长之后,把一串串钱挂在肋骨上的比比皆是。升官图好像是鼓励人"立志作大官",也似乎不是很妥当的事。可是我现在不这样想了,尤其是升官图,是颇合现实的一种游戏,在无可奈何的环境中不失为利多弊少的玩艺儿。

有人说:"宦味同鸡肋",这语未免矫情。凡是食之无味的东西,弃之均不可惜。被人誉为"三绝诗书画,一官归去来"的那位先生就弃官如敝屣,只因做官要看三件难看的东西:犯人的屁股,女尸的私处,上司的面孔。俗语说:"一代为官,三辈子擂砖。"这话也未免过于偏激。自古以来,官清毡冷的事也是常有的。例如周紫芝《竹坡诗话》有一段记载:"李京兆诸父中有一人,极廉介,一日有家问,即令灭官烛,取私烛阅书,阅毕,命秉官烛如初。"像这样的径径自守的人,他的子孙会跪在当街用砖头擂胸口吗?所以,官,无论如何,是可以成为一种清白的高尚职业,要在人好自为之耳,升官图可能鼓舞人们的做官的兴趣,有何不可?

升官图也可以说是有益世道人心,因为它指出了官场升黜的常轨。要升官,没有旁门左道,必须经由德行、才能、事功三方面的优良表现,而且一贪赃必定移付惩诫,赏罚分明,毫无宽假,这就叫做官常。升官图只是谨守官常,此外并无其他苞苴之类的捷径可寻。假如官场像升官图一样简单,那就真是太平盛世了。升官之阶,首重在德,而才功次之,尤有深意。宋史记寇准与丁谓的一段故事:"初丁谓出准门,至参政,事准甚谨,尝会食中书,羹污准须,谓起徐拂之。准笑曰:'参政国之大臣,乃为官长拂须耶?'谓甚愧之。"为官长拂须,与贪赃不同,并不犯法,但是究竟有伤品德。恐怕官场现形有甚于为官长拂须者。在升官图上贵为太师之后再捻到德字,便是"荣归",即荣誉退休之意,这也是很好的下场,否则这一场游戏没完没散,人生七十才开始,岂不把人急煞!

不知道现在有没有新的更合时代潮流的升官图?

三 老饕漫笔

北平的零食小贩

　　北平人馋。馋，据字典说是"贪食也"，其实不只是贪食，是贪食各种美味之食。美味当前，固然馋涎欲滴，即使闲来无事，馋虫亦在咽喉中抓挠，迫切的需要一点什么以膏馋吻。三餐时固然希望青粱罗列，任我下箸，三餐以外的时间也一样的想馋嚼，以锻炼其咀嚼筋。看鹭鸶的长颈都有一点羡慕，因为颈长可能享受更多的徐徐下咽之感，此之谓馋，馋字在外国语中无适当的字可以代替，所以讲到馋，真"不足为外人道"。有人说北平人之所以特别馋，是由于当年的八旗子弟游手好闲的太多，闲就要生事，在吃上打主意自然也是可以理解的。所以各式各样的零食小贩便应运而生，自晨至夜逡巡于大街小巷之中。

　　北平小贩的吆喝声是很特殊的。我不知道这与平剧有无关系，其抑扬顿挫，变化颇多，有的豪放如唱大花脸，有的沉闷如黑头，又有的清脆如生旦，在白昼给浩浩欲沸的市声平添不少情趣，在夜晚又给寂静的夜带来一些凄凉。细听小贩的呼声，则有直譬，有隐喻，有时竟像谜语一般的耐人寻味。而且他们的吆喝声,数十年如一日,不曾有过改变。我如今闭目沉思,北平零食小贩的呼声俨然在耳,一个个的如在目前。现在让我就记忆所及,细细数说。

首先让我提起"豆汁"。绿豆渣发酵后煮成稀汤,是为豆汁,淡草绿色而又微黄,味酸而又带一点霉味,稠稠的,混混的,热热的。佐以辣咸菜,即棺材板切细丝,加芹菜梗,辣椒丝或末。有时亦备较高级之酱菜如酱萝卜酱黄瓜之类,但反不如辣咸菜之可口,午后啜三两碗,愈吃愈辣,愈辣愈喝,愈喝愈热,终至大汗淋漓,舌尖麻木而止。北平城里人没有不嗜豆汁者,但一出城则豆渣只有喂猪的份,乡下人没有喝豆汁的。外省人居住北平二三十年往往不能养成喝豆汁的习惯。能喝豆汁的人才算是真正的北平人。

其次是"灌肠"。后门桥头那一家的大灌肠,是真的猪肠做的,遐迩驰名,但嫌油腻。小贩的灌肠虽有肠之名实则并非是肠,仅具肠形,一条条的以芡粉为主所做成的橛子,切成不规则形的小片,放在平底大油锅上煎炸,炸得焦焦的,蘸蒜盐汁吃。据说那油不是普通油,是从作坊里从马肉等熬出来的油,所以有这一种怪味。单闻那种油味,能把人恶心死,但炸出来的灌肠,喷香!

从下午起有沿街叫卖"面筋哟"者,你喊他时须喊"卖熏鱼儿的",他来到你们门口打开他的背盒由你拣选时却主要的是猪头肉。除猪头肉的脸子、只皮、口条之外还有脑子、肝、肠、苦肠、心头、蹄筋等等，外带着别有风味的干硬的火烧。刀口上手艺非凡，从夹板缝里抽出一把飞薄的刀，横着削切，把猪头肉切得薄如纸，塞在那火烧里食之，熏味扑鼻！这种卤味好像不能登大雅之堂，但是在煨煮熏制中有特殊的风味。离开北平便尝不到。

薄暮后有叫卖羊头肉者，这是回教徒的生意，刀板器皿刷洗得一尘不染，切羊脸子是他的拿手，切得真薄，从一只牛角里撒出一些特制的胡盐，北平的羊好，有浓厚的羊味，可又没有浓厚到膻的地步。

也有推着车子卖"烧羊脖子烧羊肉"的。烧羊肉是经过煮和炸两道手续的，除肉之外还有肚子和卤汤。在夏天佐以黄瓜大蒜是最好的下面之物。推车卖的不及街上羊肉铺所发售的，但慰情聊胜于无。

北平的"豆腐脑"，异于川湘的豆花，是哆哩哆嗦的软嫩豆腐，上面浇一勺卤，再加蒜泥。

"老豆腐"另是一种东西，是把豆腐煮出了蜂窠，加芝麻酱、韭菜末、辣椒等佐料，热乎乎的连吃带喝亦颇有味。

北平人做"烫面饺"不算一回事，真是举重若轻叱咤立办，你喊三十饺子，不大的工夫就给你端上来了，一个个包得细长齐整又俊又俏。

斜尖的炸豆腐，在花椒盐水里煮得饱饱的，有时再屡进几个粉丝做的炸丸子，放进一点辣椒酱，也算是一味很普通的零食。

馄饨何处无之?北平挑担卖馄饨的却有他的特点,馄饨本身没有什么异样,由筷子头拨一点肉馅往三角皮子上一抹就是一个馄饨,特殊的是那一锅肉骨头熬的汤别有滋味,谁家里也不会把那么多的烂骨头煮那么久。

一清早卖点心的很多,最普通的是烧饼油鬼。北平的烧饼主要的有四种,芝麻酱烧饼、螺丝转、马蹄、驴蹄,各有千秋。芝麻酱烧饼,外省仿造者都不像样,不是太薄就是太厚,不是太大就是太小,总是不够标准。螺丝转儿最好是和"甜浆粥"一起用,要夹小圆圈油鬼。马蹄儿只有薄薄的两层皮,宜加圆饱的甜油鬼。驴蹄儿又小又厚,不要油鬼做伴。北平油鬼,不叫油条,因为根本不作长条状,主要的只有两种,四个圆饱联在一起的是甜油鬼,小圆圈的油鬼是咸的,炸得特焦,夹在烧饼里一按咔喳一声。离开北平的人没有不想念那种油鬼的。外省的油条,虚泡囊肿,不够味,要求炸焦一点也不行。

"面茶"在别处没见过。真正的一锅糨糊,炒面熬的,盛在碗里之后,在上面用筷子蘸着芝麻酱撒满一层,唯恐撒得太多似的。味道好么?至少是很怪。

卖"三角馒头"的永远是山东老乡。打开蒸笼布,热腾腾的各样蒸食,如糖三角、混糖馒头、豆沙包、蒸饼、红枣蒸饼、高庄馒头,听你检选。

"杏仁茶"是北平的好,因为杏仁出在北方,提味的是那少数几颗苦杏仁。

豆类做出的吃食可多了，首先要提"豌豆糕"。小孩子一听打镗锣的声音很少不怦然心动的。卖豌豆糕的人有一把手艺，他会把一块豌豆泥捏成各式各样的东西，他可以听你的吩咐捏一把茶壶，壶盖壶把壶嘴俱全，中间灌上黑糖水，还可以一杯一杯的往外倒。规模大一点的是荷花盆，真有花有叶，盆里灌黑糖水。最简单的是用模型翻制小饼，用芝麻作馅。后来还有"仿膳"的伙计出来做这一行生意，善用豌豆泥制各式各样的点心，大八件、小八件，什么卷酥、喇嘛糕、枣泥饼、花糕，五颜六色，应有尽有，惟妙惟肖。

"豌豆黄"之下街卖者是粗的一种，制时未去皮，加红枣，切成三尖形矗立在案板上。实际上比铺子卖的较细的放在纸盒里的那种要有味得多。

"热芸豆"有红白二种，普通的吃法是用一块布挤成一个豆饼，可甜可咸。

"烂蚕豆"是俟蚕豆发芽后加五香大料煮成的，烂到一挤即出。

"铁蚕豆"是把蚕豆炒熟，其干硬似铁。牙齿不牢者不敢轻试，但亦有酥皮者，较易嚼。

夏季雨后照例有小孩提着竹篮赤足淌水而高呼"干香豌豆"，咸滋滋的也很好吃。

"豆腐丝"，粗糙如豆腐渣，但有人拌葱卷饼而食之。

"豆渣糕"是芸豆泥做的，作圆球形，蒸食，售者以竹筷插之,一插即是两颗,加糖及黑糖水食之。

"甑儿糕",是米面填木碗中蒸之,呲呲作响。顷刻而熟。

"浆米藕"是老藕孔中填糯米,煮熟切片加糖而食之。挑子周围经常环绕着馋涎欲滴的小孩子。

北平的"酪"是一项特产,用牛奶凝冻而成,夏日用冰镇,凉香可口,讲究一点的酪在酪铺发售,沿街贩卖者亦不恶。

"白薯"(即南人所谓红薯),有三种吃法,初秋街上喊"栗子味儿的"者是干煮白薯,细细小小的一根根的放在车上卖。稍后喊"锅底儿热和"者为带汁的煮白薯,块头较大,亦较甜。此外是烤白薯。

"老玉米"(即玉蜀黍)初上市时也有煮熟了在街上卖的。对于城市中人这也是一种新鲜滋味。

沿街卖的"粽子",包得又小又俏,有加枣的,有不加枣的,摆在盘子里齐整可爱。

北平没有汤圆,只有"元宵",到了元宵季节街上有叫卖煮元宵的。袁世凯称帝时,曾一度禁称元宵,因与"袁消"二字音同,改称汤圆,可嗤也。

糯米团子加豆沙馅,名曰"爱窝"或"爱窝窝"。

黄米面做的"切糕",有加红豆的,有加红枣的,卖时切成斜块,插以竹签。

菱角是小的好,所以北平小贩卖的是小菱角,有生有熟,用剪去刺,当中剪开。很少卖大的红菱者。

"老鸡头"即芡实。生者为刺囊状,内含芡实数十颗,熟者则为圆硬粒,须敲碎食其核仁。

供儿童以糖果的,从前是"打镗锣的",后又有卖"梨糕"的,此外如"吹糖人的",卖"糖杂面的",都经常徘徊于街头巷尾。

"爬糕"、"凉粉"都是夏季平民食物,又酸又辣。

"驴肉",听起来怪骇人的,其实切成大片瘦肉,也很好吃。是否有骆驼肉马肉混在其中,我不敢说。

担着大铜茶壶满街跑的是卖"茶汤"的,用开水一冲,即可调成一碗茶汤,和铺子里的八宝茶汤或牛髓茶固不能比,但亦颇有味。

"油炸花生仁"是用马油炸的,特别酥脆。

北平"酸梅汤"之所以特别好,是因为使用冰糖,并加玫瑰、木樨、桂花之类。信远斋的最合标准,沿街叫卖的便徒有其名了,而且加上天然冰亦颇有碍卫生。卖酸梅汤的普通兼带"玻璃粉"及小瓶用玻璃球作盖的汽水。"果子干"也是重要的一项副业,用杏干、柿饼、鲜藕煮成。"玫瑰枣"也很好吃。

冬天卖"糖葫芦",裹麦芽糖或糖稀的不太好,蘸冰糖的才好吃。各种原料皆可制糖葫芦,唯以"山里红"为正宗。其他如海棠、山药、山药豆、杏干、核桃、荸荠、桔子、葡萄、金桔等均佳。

北地苦寒,冬夜特别寂静,令人难忘的是那卖"水萝卜"的声音,"萝卜—赛梨—辣了换!"那红绿萝卜,多汁而甘脆,切得又好,对于北方煨在火炉旁边的人特别有沁人脾胃之效。这等萝卜,别处没有。

有一种内空而瘪小的花生,大概是检选出来的不够标准的花生,炒焦了之后,其味特香,远在白胖的花生之上,名曰"抓空儿",亦冬夜的一种点缀。

夜深时往往听到沉闷而迟缓的"硬面饽饽"声,有光头、凸盖、镯子等,亦可充饥。

水果类则四季不绝的应世,诸如:三白的大西瓜、蛤蟆酥、羊角蜜、老头儿乐、鸭儿梨、小白梨、肖梨、糖梨、烂酸梨、沙果、苹果、虎拉车、杏、桃、李、山里红、柿子、黑枣、嘎嘎枣、老虎眼大酸枣、荸荠、海棠、葡萄、莲蓬、藕、樱桃、桑葚、槟子……不可胜举,都在沿门求售。

以上约略举说,只就记忆所及,挂漏必多。而且数十年来,北平也正在变动,有些小贩由式微而没落,也有些新的应运而生,比我长一辈的人所见所闻可能比我要丰富些,比我年轻的人可能遇到一些较新鲜而失去北平特色的事物。总而言之,北平是在向新颖而庸俗方面变,在零食小贩上即可窥见一斑。如今呢,胡尘涨宇,面目全非,这些小贩,还能保存一二与否,恐怕在不可知之数了。但愿我的回忆不是永远的成为回忆!

酸梅汤与糖葫芦

夏天喝酸梅汤，冬天吃糖葫芦，在北平是不分阶级，人人都能享受的事。不过东西也有精粗之别。琉璃厂信远斋的酸梅汤与糖葫芦，特别考究，与其他各处或街头小贩所供应者大有不同。

徐凌霄《旧都百话》关于酸梅汤有这样的记载：

> 暑天之冰，以冰梅汤为最流行，大街小巷，干鲜果铺的门口，都可以看见"冰镇梅汤"四字的木檐横额。有的黄底黑字，甚为工致，迎风招展，好似酒家的帘子一样，使过往的热人，望梅止渴，富于吸引力。昔年京朝大老，贵客雅流，有闲工夫，常常要到琉璃厂逛逛书铺，品品骨董，考考版本，消磨长昼。天热口干，辄以信远斋梅汤为解渴之需。

信远斋铺面很小，只有两间小小门面，临街是旧式玻璃门窗,拂拭得一尘不染,门楣上一块黑漆金字匾额,铺内清洁简单,道地北平式的装修。进门右手方有黑漆大木桶一,里面有一大白瓷罐,罐外周围全是碎冰,罐里是酸梅汤,所以名为冰镇,北平的冰是从什刹海或护城河挖取藏在窖内的,冰块里可以看见草皮木屑,泥沙秽物更不能免,是不能放在饮料里喝的。什刹海会贤堂的名件"冰碗",莲蓬、桃仁、杏仁、菱角、藕都放在冰块上,食客不嫌其脏,真是不可思议。有人甚至把冰块放在酸梅汤里!信远斋的冰镇就高明多了。因为桶大罐小冰多,喝起来凉沁脾胃。他的酸梅汤的成功秘诀,是冰糖多、梅汁稠、水少,所以味浓而醹。上口冰凉,甜酸适度,含在嘴里如品纯醪,舍不得下咽。很少人能站在那里喝那一小碗而不再喝一碗的。抗战胜利还乡,我带孩子们到信远斋,我准许他们能喝多少碗都可以,他们连尽七碗方始罢休。我每次去喝,不是为解渴,是为解馋。我不知道为什么没有人动脑筋把信远斋的酸梅汤制为罐头行销各地,而一任"可口可乐"到处猖狂。

信远斋也卖酸梅卤、酸梅糕。卤冲水可以制酸梅汤,但是无论如何不能像站在那木桶旁边细啜那样有味。我自己在家也曾试做,在药铺买了乌梅,在干果铺买了大块冰糖,不惜工本,仍难如愿。信远斋掌柜姓萧,一团和气,我曾问他何以仿制不成,他回答得很妙:"请您过来喝,别自己费事了。"

信远斋也卖蜜饯、冰糖子儿、糖葫芦。以糖葫芦为最出色。北平糖葫芦分三种。一种用麦芽糖,北平话是糖稀,可以做大串山里红的糖葫芦,可以长达五尺多,这种大糖葫芦,新年厂甸卖的最多。麦芽糖裹水杏儿(没长大的绿杏),很好吃,做糖葫芦就不见佳,尤其是山里红常是烂的或是带虫子屎。另一种用白糖和了粘上去,冷了之后白汪汪的一层霜,别有风味。正宗是冰糖葫芦,薄薄一层糖,透明雪亮。材料种类甚多,诸如海棠、山药、山药豆、杏干、葡萄、桔子、荸荠、核桃,但是以山里红为正宗。山里红,即山楂,北地盛产,味酸,裹糖则极可口。一般的糖葫芦皆用半尺来长的竹签,街头小贩所售,多染尘沙,而且品质粗劣。东安市场所售较为高级,但仍以信远斋所制为最精,不用竹签,每一颗山里红或海棠均单个独立,所用之果皆硕大无疵,而且干净,放在垫了油纸的纸盒中由客携去。

离开北平就没吃过糖葫芦,实在想念。近有客自北平来,说起糖葫芦,据称在北平这种不属于任何一个阶级的食物几已绝迹。他说我们在台湾自己家里也未尝不可试做,台湾虽无山里红,其他水果种类不少,沾了冰糖汁,放在一块涂了油的玻璃板上,送入冰箱冷冻,岂不即可等着大嚼?他说他制成之后将邀我共尝,但是迄今尚无下文,不知结果如何。

烧饼油条

　　烧饼油条是我们中国人标准早餐之一，在北方不分省分、不分阶级、不分老少，大概都欢喜食用。我生长在北平，小时候的早餐几乎永远是一套烧饼油条——不，叫油炸鬼，不叫油条。有人说，油炸鬼是油炸桧之讹，大家痛恨秦桧，所以名之为油炸桧以泄愤，这种说法恐怕是源自南方，因为北方读音鬼与桧不同，为什么叫油鬼，没人知道。在比较富裕的大家庭里，只有做父亲的才有资格偶然以馄饨、鸡丝面或羊肉馅包子做早点，只有做祖父母的才有资格常以燕窝汤、莲子羹或哈什玛之类做早点，像我们这些"民族幼苗"，便只有烧饼油条来果腹了。说来奇怪，我对于烧饼油条从无反感，天天吃也不厌，我清早起来，就有一大簸箩烧饼油鬼在桌上等着我。

　　现在台湾的烧饼油条，我以前在北平还没见过。我所知道的烧饼，有螺蛳转儿、芝麻酱烧饼、马蹄儿、驴蹄儿几种，油鬼有麻花儿、甜油鬼、炸饼儿几种。螺蛳转儿夹麻花儿是一绝，扳开螺蛳转儿，夹进麻花儿，用手一按，咔吱一声麻花儿碎了，这一声响就很有意思,如今我再也听不到这个声音。有一天和齐如山先生谈起,他也很感慨,他嫌此地油条不够脆,有一次他请炸油条的人给他特别炸焦,"我加倍给你钱",那个炸油条的人好像是前一夜没睡好觉(事实上凡是炸油条、烙烧饼的人都是睡眠不足),一翻白眼说:"你有钱?我不伺候!"回锅油条、老油条也不是味道,焦硬有余,酥脆不足。至于烧饼,螺蛳转儿好像久已不见了,因为专门制售螺蛳转儿的粥铺早已绝迹了。所谓粥铺,是专卖甜浆粥的一种小店,甜浆粥是一种稀稀的粗粮米汤,其味特殊。北平城里的人不知道喝豆浆,常是一碗甜浆粥一套螺蛳转儿,但是这也得到粥铺去趁热享用才好吃。我到十四岁以后才喝到豆浆,我相信我父母一辈子也没有喝过豆浆。我们家里吃烧饼油条,嘴干了就喝大壶的茶,难得有一次喝到甜浆粥。后来我到了上海,才看到细细长长的那种烧饼,以及菱形的烧饼,而且油条长长的也不适于夹在烧饼里。

火腿、鸡蛋、牛油面包作为标准的早点,当然也很好,但我只是在不得已的情形下才接受了这种异俗。我心里怀念的仍是烧饼油条。和我有同嗜的人相当不少。海外羁旅,对于家乡土物率多念念不忘。有一位华裔美籍的学人,每次到台湾来都要带一二百副烧饼油条回到美国去,存在冰橱里,逐日检取一副放在烤箱或电锅里一烤,便觉得美不可言。谁不知道烧饼油条只是脂肪、淀粉,从营养学来看,不构成一份平衡的食品。但是多年习惯,对此不能忘情。在纽约曾有人招待我到一家中国餐馆进早点,座无虚席,都是烧饼油条客,那油条一根根的都很结棍,韧性很强。但是大家觉得这是家乡味,聊胜于无。做油条的师傅,说不定曾经付过二两黄金才学到如此这般的手艺。又有一位返国观光的游子,住在台北一家观光旅馆里,晨起第一桩事就是外出寻找烧饼油条,遍寻无着,返回旅舍问服务小姐,服务小姐登时蛾眉一耸说:"这是观光区域,怎会有这种东西,你要向偏僻街道、小巷去找。"闹哄了一阵,兴趣已无,乖乖的到附近餐厅里去吃火腿、鸡蛋、面包了事。

有人看我天天吃烧饼油条,就问我:"你不嫌脏?"我没想到这个问题。据这位关心的人说,要注意烧饼里有没有老鼠屎,第二天我打开烧饼先检查,哇,一颗不大不小像一颗万应锭似的黑黑的东西赫然在焉。用手一捻,碎了。若是不当心,入口一咬,必定牙碜,也许不当心会咽了下去。想起来好怕,一颗老鼠屎搅坏一锅粥,这话不假,从此我存了戒心。看看那个豆浆店,小小一间门面,案板油锅都放在行人道上,满地是油渍污泥,一袋袋的面粉堆在一旁像沙包一样,阴沟里老鼠横行。再看看那打烧饼、炸油条的人,头发蓬松,上身只有灰白背心,脚上一双拖鞋,说不定嘴里还叼着一根纸烟。在这种情况之下,要使老鼠屎不混进烧饼里去,着实很难。好在不是一个烧饼里必定轮配到一橛老鼠屎,难得遇见一回,所以戒心维持了一阵也就解严了。

也曾经有过观光级的豆浆店出现,在那里有峨高冠的厨师,有穿制服的侍者,有装潢,有灯饰,筷子有纸包着,豆浆碗下有盘托着,餐巾用过就换,而不是一块毛巾大家用,像邮局浆糊旁边附设的小块毛巾那样的又脏又粘。如果你带外宾进去吃早点,可以不至于脸红。但是偶尔观光一次是可以的,谁也不能天天去观光,谁也不能常跑远路去图一饱。于是这打肿脸充胖子的局面维持不下去了,烧饼油条依然是在行人道边乌烟瘴气的环境里苟延残喘。而且我感觉到吃烧饼油条的同志也越来越少了。

水晶虾饼

虾，种类繁多。《尔雅翼》所记："闽中五色虾，长尺余，具五色。梅虾，梅雨时有之。芦虾，青色，相传芦苇所变。泥虾，稻花变成，多在泥田中。又虾姑，状如蜈蚣，一名管虾。"芦苇稻花会变虾，当然是神话。

虾不在大，大了反倒不好吃。龙虾一身铠甲，须爪戟张，样子十分威武多姿，可是剥出来的龙虾肉，只合做沙拉，其味不过尔尔。大抵咸水虾，其味不如淡水虾。

虾要吃活的，有人还喜活吃。西湖楼外楼的"炝活虾"，是在湖中用竹篓养着的，临时取出，欢蹦乱跳，剪去其须吻足尾，放在盘中，用碗盖之。食客微启碗沿，以箸挟取之，在旁边的小碗酱油麻油醋里一蘸，送到嘴边用上下牙齿一咬，像磕瓜子一般，吮而食之。吃过把虾壳吐出，犹咕咕嚷嚷的在动。有时候嫌其过分活跃，在盘里泼进半杯烧酒，虾乃颓然醉倒。据闻有人吃活虾不慎，虾一跃而戳到喉咙里，几致丧生。生吃活虾不算稀奇，我还看见过有人生吃活螃蟹呢！

炝活虾，我无福享受。我只能吃油爆虾、盐焗虾、白灼虾。若是嫌剥壳麻烦，就只好吃炒虾仁、烩虾仁了。说起炒虾仁，做得最好的是福建馆子，记得北平西长安街的忠信堂是北平唯一的有规模的闽菜馆，做出来的清炒虾仁不加任何配料，满满一盘虾仁，鲜明透亮，而且软中带脆。闽人善治海鲜当推独步。烩虾仁则是北平饭庄的拿手，馆子做不好。饭庄的酒席上四小碗其中一定有烩虾仁，羼一点荸荠丁、勾芡，一切恰到好处。这一炒一烩，全是靠使油及火候，灶上的手艺一点也含糊不得。

虾仁剁碎了就可以做炸虾球或水晶虾饼了。不要以为剁碎了的虾仁就可以用不新鲜的剩货充数，瞒不了知味的吃客。吃馆子的老主顾，堂倌也不敢怠慢，时常会用他的山东腔说："二爷！甭起虾夷儿了，虾夷儿不信香。"（不用吃虾仁了，虾仁不新鲜。）堂倌和吃客合作无间。

水晶虾饼是北平锡拉胡同玉华台的杰作。和一般的炸虾球不同。一定要用白虾，通常是青虾比白虾味美，但是做水晶虾饼非白虾不可，为的是做出来颜色纯白。七分虾肉要加三分猪板油，放在一起剁碎，不要碎成泥，加上一点点芡粉，葱汁姜汁，捏成圆球，略按成厚厚的小圆饼状，下油锅炸，要用猪油，用温油，炸出来白如凝脂，温如软玉，入口松而脆。蘸椒盐吃。

自从我知道了水晶虾饼里大量羼猪油，就不敢常去吃它。连带着对一般馆子的炸虾球，我也有戒心了。

芙蓉鸡片

在北平，芙蓉鸡片是东兴楼的拿手菜。请先说说东兴楼。东兴楼在东华门大街路北，名为楼其实是平房，三进又两个跨院，房子不算大，可是间架特高，简直不成比例，据说其间还有个故事。当初兴建的时候，一切木料都已购妥，原是预备建筑楼房的，经人指点，靠近皇城根儿盖楼房有窥视大内的嫌疑，罪不在小，于是利用已有的木材改造平房，间架特高了。据说东兴楼的厨师来自御膳房，所以烹调颇有一手，这已不可考。其手艺属于烟台一派，格调很高。在北京山东馆子里，东兴楼无疑的当首屈一指。

一九二六年夏，时昭瀛自美国回来，要设筵邀请同学一叙，央我提调，我即建议席设东兴楼。彼时燕翅席一桌不过十六元，小学教师月薪仅三十余元，昭瀛坚持要三十元一桌。我到东兴楼吃饭，顺便订席。柜上闻言一惊，曰："十六元足矣，何必多费？"我不听。开筵之日，珍错杂陈，丰美自不待言。最满意者，其酒特佳。我盼咐茶房打电话到长发叫酒，茶房说不必了，柜上已

171

经备好。原来柜上藏有花雕埋在地下已逾十年，取出一坛，羼以新酒，斟在大口浅底的细瓷酒碗里，色泽光润，醇香扑鼻，生平品酒此为第一。似此佳酿，酒店所无。而其开价并不特昂，专为留待嘉宾。当年北京大馆风范如此。预宴者吴文藻、谢冰心、瞿菊农、谢奋程、孙国华等。

北京饭馆跑堂都是训练有素的老手。剥蒜剥葱剥虾仁的小利巴，熬到独当一面的跑堂，至少要到三十岁左右的光景。对待客人，亲切周到而有分寸。在这一方面东兴楼规矩特严。我幼时侍先君饮于东兴楼，因上菜稍慢，我用牙箸在盘碗的沿上轻轻敲了叮当两响，先君急止我曰："千万不可敲盘碗作响，这是外乡客粗鲁的表现。你可以高声喊人，但是敲盘碗表示你要掀桌子。在这里，若是被柜上听到，就会立刻有人出面赔不是，而且那位当值的跑堂就要卷铺盖，真个的卷铺盖，有人把门帘高高掀起，让你亲见那个跑堂扛着铺盖卷儿从你门前急驰而过。不过这是表演性质，等一下他会从后门又转回来的。"跑堂待客要殷勤，客也要有相当的风度。

现在说到芙蓉鸡片。芙蓉大概是蛋白的意思，原因不明，"芙蓉虾仁"、"芙蓉干贝"、"芙蓉青蛤"皆曰芙蓉，料想是忌讳蛋字。取鸡胸肉，细切细斩，使成泥。然后以蛋白搅和之，搅到融和成为一体，略无渣滓，入温油锅中摊成一片片状。片要大而薄，薄而不碎，熟而不焦。起锅时加嫩豆苗数茎，取其翠绿之色以为点缀。如洒上数滴鸡油，亦甚佳妙。制作过程简单，但是在火候上恰到好处则见功夫。东兴楼的菜概用中小盘，菜仅盖满碟心，与湘菜馆之长箸大盘迥异其趣。或病其量过小，殊不知美食者不必是饕餮客。

抗战期间，东兴楼被日寇盘踞为队部。胜利后我返回故都，据闻东兴楼移帅府园营业，访问之后大失所望。盖已名存实亡，无复当年手艺。菜用大盘，粗劣庸俗。

糟蒸鸭肝

糟就是酒滓，凡是酿酒的地方都有酒糟。《楚辞·渔父》："何不铺其糟而歠其酾?"可见自古以来酒糟就是可以吃的。我们在摊子上吃的醪糟蛋(醪音捞)，醪糟乃是我们人人都会做的甜酒酿，还不是我们所谓的糟。说也奇怪，我们台湾盛产名酒，想买一点糟还不太容易。只有到山东馆子吃糟溜鱼片才得一尝糟味，但是有时候那糟还不是真的，不过是甜酒酿而已。

糟的吃法很多。糟溜鱼片固然好，糟鸭片也是绝妙的一色冷荤，在此地还不曾见过，主要原因是鸭不够肥嫩。北平东兴楼或致美斋的糟鸭片，切成大薄片，有肥有瘦有皮有肉，是下酒的好菜。《儒林外史》第十四回马二先生看见酒店柜台上盛着糟鸭，"没有钱买了吃，喉咙里咽唾沫"。所说的糟鸭是刚出锅的滚热的，和我所说的冷盘糟鸭片风味不同。下酒还是冷的好。稻香村的糟鸭蛋也很可口，都是靠了那一股糟味。

福州馆子所做红糟的菜是有名的。所谓红糟乃是红曲，另是一种东西。是粳米做成饭，拌以曲母，令其发热，冷却后洒水再令其发热，往复几次即成红曲。红糟肉、红糟鱼，均是美味，但没有酒糟香。

现在所要谈到的糟蒸鸭肝是山东馆子的拿手，而以北平东兴楼的为最出色。东兴楼的菜出名的分量少，小盘小碗，但是精，不能供大嚼，只好细品尝。所做糟蒸鸭肝，精选上好鸭肝，大小合度，剔洗干净，以酒糟蒸熟。妙在汤不浑浊而味浓，而且色泽鲜美。

有一回梁寒操先生招饮于悦宾楼，据告这是于右老喜欢前去小酌的地方，而且以糟蒸鸭肝为其隽品之一。尝试之下，果然名不虚传，唯稍嫌粗，肝太大则质地容易沙硬。在这地方能吃到这样的菜，难得可贵。

满汉细点

　　北平的点心店叫做饽饽铺。都有一座细木雕花的门脸儿，吊着几个木牌，上面写着"满汉细点"什么的。可是饽饽都藏在里面几个大盒子大柜子里，并不展示在外，而且也没有什么货品价格表之类的东西。进得铺内，只觉得干干净净，空空洞洞，香味扑鼻。

　　满汉细点，究竟何者为满何者为汉，现已分辨不清。至少从名称看来，"萨其玛"该是满洲点心。我请教过满洲旗人，据告萨其玛是满文的蜜甜之意，我想大概是的。这东西是油炸黄米面条，像蜜供似的，但是很细很细，加上蜜拌匀，压成扁扁的一大块，上面洒上白糖和染红了的白糖，再加上一层青丝红丝，然后切成方形的块块。很甜，很软和，但是很好吃。如今全国各处无不制售萨其玛，块头太大太厚，面条太粗太硬，蜜太少，名存实亡，全不对劲。

　　蜂糕也是北平特产，有黄白两种，味道是一样的。是用糯米粉调制蒸成，呈微细蜂窝状，故名。质极松软、微粘，与甜面包大异其趣。内羼少许核桃仁,外裹以薄薄的豆腐皮以防粘着蒸器。蒸热再吃尤妙,最宜病后。

花糕月饼是秋季应时食品。北方的翻毛月饼,并不优于江南的月饼,更与广式月饼不能相比,不过其中有一种山楂馅的翻毛月饼,薄薄的小小的,我认为风味很好,别处所无。大抵月饼不宜过甜,不宜太厚,山楂馅带有酸味,故不觉其腻。至于花糕,则是北平独有之美点,在秋季始有发售,有粗细两品,有荤素两味。主要的是两片枣泥馅的饼,用模子制成,两片之间夹列胡桃、红枣、松子、缩葡之类的干果,上面盖一个红戳子,贴几片芫荽叶。清李静山《都门汇纂》里有这样一首竹枝词:

中秋才过近重阳,

又见花糕各处忙。

面夹双层多枣果,

当筵题句傲刘郎。

一般饽饽铺服务周到。我家小园有一架紫藤,花开累累,满树满枝,乃摘少许,洗净,送交饽饽铺代制藤萝饼,鲜花新制,味自不同。又红玫瑰初放(西洋品种肥大而艳,但少香气),亦常摘取花瓣,送交肆中代制玫瑰饼,气味浓馥,不比寻常。

说良心话,北平饼饵除上述几种之外很少令人怀念的。有人艳称北平的“大八件”“小八件”,实在令人难以苟同。所谓大八件无非是油糕、蓼花、大自来红、自来白等等，小八件不外是鸡油饼、卷酥、绿豆糕、槽糕之类。自来红、自来白乃是中秋上供的月饼，馅子里面有些冰糖，硬邦邦的，大概只宜于给兔爷儿吃。蓼花甜死人！绿豆糕噎死人！大八件、小八件如果装在盒子里，那盒子也吓人，活像一口小棺材，而木板尚未刨光。若是打个蒲包，就好看得多。

有所谓"缸捞"者，有人写作"干酪"，我不知究竟怎样写法。是圆饼子，中央微凸，边微薄，无馅，上面常撒上几许桂花，故称桂花缸捞。探视妇人产后，常携此为馈赠。此物松软合度，味道颇佳，我一向喜欢吃，后来听一位在外乡开点心铺的亲戚说，此物乃是聚集簸箩里的各种饽饽碎渣加水揉和再行烘制而成。然物美价廉不失为一种好的食品。"薄脆"也不错，又薄又脆。都算是平民食物。

"茯苓饼"其实没有什么好吃，沾光"茯苓"二字。《淮南子》："千年之松，下有茯苓。"是一种地下菌，生在山林中松根之下。李时珍说："盖松之神，灵之气，伏结而成。"无端给它加上神灵色彩，于是乃入药，大概吃了许有什么神奇之效。北平前门大街正明斋所制茯苓饼最负盛名，从前北人南游常携此物馈赠亲友。直到如今，有人从北平出来还带一盒茯苓饼给我，早已脆碎坚硬不堪入口。即使是新鲜的，也不过是飞薄的两片米粉糊烘成的饼，夹以黑糊糊的一些碎糖黑渣而已。

满洲饽饽还有一品叫做"桌张"，俗称饽饽桌子，是丧事人家常用的祭礼。半生不熟的白面饼子，稍加一些糖，堆积起来一层层的有好几尺高，放在灵前供台上的两旁。凡是本家姑奶奶之类的亲属没有不送饽饽桌子的。可壮观瞻，不堪食用。丧事过后，弃之可惜，照例分送亲友以及佣人小孩。我小时候遇见几次丧事，分到过十个八个这样的饽饽，童子无知，称之为"死人饽饽"，放在火炉口边烤熟，啃起来也还不错，比根本没有东西吃好一些。清人得硕亭《竹枝词·草珠一串》有一首咏其事：

　　　　满洲糕点样原繁，

　　　　踵事增华不可言。

　　　　唯有桌张遗旧制，

　　　　几同告朔饩羊存。

佛跳墙

佛跳墙的名字好怪。何物美味竟能引得我佛失去定力跳过墙去品尝？我来台湾以前没听说过这一道菜。

《读者文摘》(一九八三年七月份中文版)引载可叵的一篇短文《佛跳墙》，据她说佛跳墙"那东西说来真罪过，全是荤的，又是猪脚，又是鸡，又是海参、蹄筋，炖成一大锅……这全是广告噱头，说什么这道菜太香了，香得连佛都跳墙去偷吃了。"我相信她的话，是广告噱头，不过佛都跳墙，我也一直的跃跃欲试。

同一年三月七日《青年战士报》有一位郑木金先生写过一篇《油画家杨三郎祖传菜名闻艺坛——佛跳墙耐人寻味》，他大致说："传自福州的佛跳墙……在台北各大餐馆正宗的佛跳墙已经品尝不到了。……偶尔在一般乡间家庭的喜筵里也会出现此道台湾名菜，大都以芋头、鱼皮、排骨、金针菇为主要配料。其实源自福州的佛跳墙，配料极其珍贵。杨太太许玉燕花了十多天闲工夫才能做成的这道菜，有海参、猪蹄筋、红枣、鱼刺、鱼皮、栗子、香菇、蹄膀筋肉等十种昂贵的配料，先熬鸡汁，再将去肉的鸡汁和这些配料予以慢工出细活的好几遍煮法,前后计时将近两星期……已不再是原有的各种不同味道,而合为一味。香醇甘美,齿颊留香,两三天仍回味无穷。"这样说来,佛跳墙好像就是一锅煮得稀巴烂的高级大杂烩了。

北方流行的一个笑话,出家人吃斋茹素,也有老和尚忍耐不住想吃荤腥,暗中买了猪肉运入僧房,乘大众入睡之后,纳肉于釜中,取佛堂燃剩之蜡烛头一罐,轮番点燃蜡烛头于釜下烧之。恐香气外溢,乃密封其釜使不透气。一罐蜡烛头于一夜之间烧光,细火久焖,而釜中之肉烂矣;而且酥软味腴,迥异寻常。戏名之为"蜡头炖肉"。这当然是笑话,但是有理。

我没有方外的朋友,也没吃过蜡头炖肉,但是我吃过"坛子肉"。坛子就是瓦钵,有盖,平常做储食物之用。坛子不需大,高半尺以内最宜。肉及佐料放在坛子里,不需加水,密封坛盖,文火慢炖,稍加冰糖。抗战时在四川,冬日取暖多用炭盆,亦颇适于做坛子肉,以坛置定盆中,烧一大盆缸炭,坐坛子于炭火中而以灰覆炭,使徐徐燃烧,约十小时后炭未尽成烬而坛子肉熟矣。纯用精肉,佐以葱姜,取其不失本味,如加配料以笋为最宜,因为笋不夺味。

"东坡肉"无人不知。究竟怎样才算是正宗的东坡肉,则去古已远,很难说了。幸而东坡有一篇《猪肉颂》:

净洗铛,少着水,柴头灶烟焰不起。待他自熟莫

催他，火候足时他自美。黄州好猪肉，价钱如泥土，贵
者不肯食，贫者不解煮。早晨起来打两碗，饱得自家
君莫管。

看他的说法，是晚上煮了第二天早晨吃，无他秘诀，小火慢
煨而已。也是循蜡头炖肉的原理。就是坛子肉的别名吧？

一日，唐嗣尧先生招余夫妇饮于其巷口一餐馆，云其佛跳
墙值得一尝，乃欣然往。小罐上桌，揭开罐盖热气腾腾，肉香触
鼻。是否及得杨三郎先生家的佳制固不敢说，但亦颇使老饕满
意。可惜该餐馆不久歇业了。

我不是远庖厨的君子，但是最怕做红烧肉，因为我性急而
健忘，十次烧肉九次烧焦，不但糟蹋了肉，而且烧毁了锅，满屋
浓烟，邻人以为是失了火。近有所谓电慢锅者，利用微弱电力，
可以长时间的煨煮肉类，对于老而且懒又没有记性的人颇为有
用，曾试烹近似佛跳墙一类的红烧肉，很成功。

烤羊肉

北平中秋以后,螃蟹正肥,烤羊肉亦一同上市。口外的羊肥,而少膻味,是北平人主要的食用肉之一。不知何故很多人家根本不吃羊肉,我家里就羊肉不曾进过门。说起烤肉就是烤羊肉。南方人吃的红烧羊肉,是山羊肉,有膻气,肉瘦,连皮吃,北方人觉得是怪事,因为北方的羊皮留着做皮袄,舍不得吃。

北平烤羊肉以前门肉市正阳楼为最有名,主要的是工料细致,无论是上脑、黄瓜条、三叉、大肥片,都切得飞薄,切肉的师傅就在柜台近处表演他的刀法,一块肉用一块布蒙盖着,一手按着肉一手切,刀法利落。肉不是电冰柜里的冻肉(从前没有电冰柜),就是冬寒天冻,肉还是软软的,没有手艺是切不好的。

正阳楼的烤肉支子,比烤肉宛烤肉季的要小得多,直径不过一尺,放在四张八仙桌子上,都是摆在小院里,四围是四把条凳。三五个一伙围着一个桌子,抬起一条腿踩在条凳上,边烤边饮边吃边说笑,这是标准的吃烤肉的架势。不像烤肉宛那样的大支子,十几个大汉在熊熊烈火周围,一面烤肉一面烤人。女客喜欢到正阳楼吃烤肉，地方比较文静一些，不愿意露天自己烤，伙计们可以烤好送进房里来。烤肉用的不是炭，不是柴，是烧过除烟的松树枝子，所以带有特殊香气。烤肉不需多少佐料，有大葱、芫荽、酱油就行。

正阳楼的烧饼是一绝，薄薄的两层皮，一面粘芝麻，打开来会冒一股滚烫的热气，中间可以塞进一大箸子烤肉，咬上去，软。普通的芝麻酱烧饼不对劲，中间有芯子，太厚实，夹不了多少肉。

我在青岛住了四年，想起北平烤羊肉馋涎欲滴。可巧厚德福饭庄从北平运来大批冷冻羊肉片，我灵机一动，托人在北平为我订制了一具烤肉支子。支子有一定的规格尺度，不是外行人可以随便制造的。我的支子运来之后，大宴宾客，命儿辈到寓所后山拾松塔盈筐，敷在炭上，松香浓郁。烤肉佐以潍县特产大葱，真如锦上添花，葱白粗如甘蔗，斜切成片，细嫩而甜。吃得皆大欢喜。

提起潍县大葱，又有一事难忘。我的同学张心一是一位畸人，他的夫人是江苏人，家中禁食葱蒜，而心一是甘肃人，极嗜葱蒜。他有一次过青岛，我邀他家中便饭，他要求大葱一盘，别无所欲。我如他所请，特备大葱一盘，家常饼数张。心一以葱卷饼，顷刻而罄，对于其他菜肴竟未下箸，直吃得他满头大汗。他说这是数年来第一次如意的饱餐！

我离开青岛时把支子送给同事赵少侯，此后抗战军兴，友朋星散，这青岛独有的一个支子就不知流落何方了。

核桃酪

玉华台的一道甜汤核桃酪也是非常叫好的。

有一年，先君带我们一家人到玉华台午饭。满满的一桌，祖孙三代。所有的拿手菜都吃过了，最后是一大钵核桃酪，色香味俱佳，大家叫绝。先慈说："好是好，但是一天要卖出多少钵，需大量生产，所以只能做到这个样子，改天我在家里试用小锅制作，给你们尝尝。"我们听了大为雀跃。回到家里就天天缠着她做。

我母亲做核桃酪，是根据她为我祖母做杏仁茶的经验揣摹着做的。我祖母的早点，除了燕窝、哈什玛、莲子等之外，有时候也要喝杏仁茶。街上卖的杏仁茶不够标准，要我母亲亲自做。虽是只做一碗，材料和手续都不能缺少，久之也就做得熟练了。核桃酪和杏仁茶性质差不多。

核桃来自羌胡，故又名胡桃，是张骞时传到中土的，北方盛产。取现成的核桃仁一大捧，用沸水泡。司马光幼时请人用沸水泡，以便易于脱去上面的一层皮，而谎告其姊说是自己剥的，这段故事是大家所熟悉的。开水泡过之后要大家帮忙剥皮的，虽然麻烦,数量不多,顷刻而就。在馆子里据说是用硬毛刷去刷的!核桃要捣碎,越碎越好。

取红枣一大捧,也要用水泡,泡到涨大的地步,然后煮,去皮,这是最烦人的一道手续。枣树在黄河两岸无处不有,而以河南灵宝所产为最佳,枣大而甜。北平买到的红枣也相当肥大,不似台湾这里中药店所卖的红枣那样瘦小。可是剥皮取枣泥还是不简单。我们用的是最简单的笨法,用小刀刮,刮出来的枣泥绝对不带碎皮。

白米小半碗,用水泡上一天一夜,然后捞出来放在捣蒜用的那种较大的缸钵里,用一根捣蒜用的棒槌(当然都要洗干净使不带蒜味,没有捣过蒜的当然更好),尽力的捣,要把米捣得很碎,随捣随加水。碎米渣滓连同汁水倒在一块纱布里,用力拧,拧出来的浓米浆留在碗里待用。

煮核桃酪的器皿最好是小薄铫。铫读如吊。《正字通》:"今釜之小而有柄有流者亦曰铫。"铫是泥沙烧成的,质料像沙锅似的,很原始,很粗陋,黑黝黝的,但是非常灵巧而有用,煮点东西不失原味,远较铜锅铁锅为优,可惜近已淘汰了。

把米浆、核桃屑、枣泥和在一起在小薄铫里煮,要守在一旁看着,防溢出。很快的就煮出了一铫子核桃酪。放进一点糖,不要太多。分盛在三四个小碗(莲子碗)里,每人所得不多,但是看那颜色,微呈紫色,枣香、核桃香扑鼻,喝到嘴里黏糊糊的、甜滋滋的,真舍不得一下子咽到喉咙里去。

铁锅蛋

　　北平前门外大栅栏中间路北有一个窄窄的小胡同，走进去不远就走到底，迎面是一家军衣庄，靠右手一座小门儿，上面高悬一面扎着红绸的黑底金字招牌"厚德福饭庄"。看起来真是不起眼，局促在一个小巷底，没去过的人还是不易找到。找到了之后看那门口里面黑不隆咚的，还是有些不敢进去。里面楼上楼下各有两三个雅座，另外三五个散座，那座楼梯又陡又窄，险巇难攀。可是客人一踏进二门，柜台后门的账房苑先生就会扯着大嗓门儿高呼："看座儿！"他的嗓门儿之大是有名的，常有客人一进门就先开口："您别喊，我带着孩子呢，小孩儿害怕。"

　　厚德福饭庄地方虽然逼仄，名气不小，是当时唯一老牌的河南馆子。本是烟馆，所以一直保存那些短炕，附带着卖些点心之类，后来实行烟禁，就改为饭馆了。掌柜的陈莲堂是开封人，很有一把手艺，能制道地的河南菜。时值袁世凯当国，河南人士弹冠相庆之下，厚德福的声誉因之鹊起。嗣后生意日盛，但是风水关系，老址绝不迁移，而且不换装修，一副古老简陋

187

的样子数十年不变。为了扩充营业，先后在北平的城南游艺园、沈阳、长春、黑龙江、西安、青岛、上海、香港、重庆、北碚等处开设分号。陈掌柜手下高徒，一个个的派赴各地分号掌勺。这是厚德福的简史。

厚德福的拿手菜颇有几样，请先谈谈铁锅蛋。

吃鸡蛋的方法很多，炒鸡蛋最简单。常听人谦虚地说："我不会做菜，只会炒鸡蛋。"说这句话的人一定不会把一盘鸡蛋炒得像个样子。摊鸡蛋是把打过的蛋煎成一块圆形的饼，"烙饼卷摊鸡蛋"是北方乡下人的美食。蒸蛋羹花样繁多，可以在表面上敷一层干贝丝、虾仁、蛤蜊肉……至不济洒上一把肉松也成。厚德福的铁锅蛋是烧烤的，所以别致。当然先要置备黑铁锅一个，口大底小而相当高，铁要相当厚实。在打好的蛋里加上油盐佐料，羼一些肉末绿豌豆也可以，不可太多，然后倒在锅里放在火上连烧带烤，烤到蛋涨到锅口，作焦黄色，就可以上桌了。这道菜的妙处在于铁锅保温，上了桌还有嗞嗞响的滚沸声，这道理同于所谓的"铁板烧"。而保温之久尤过之。我的朋友李清悚先生对我说，他们南京人所谓"涨蛋"也是同样的好吃。我到他府上尝试过，确是不错，蛋涨得高高的起蜂窝，切成菱形块上桌，其缺憾是不能保温，稍一冷却蛋就缩塌变硬了。还是要让铁锅蛋独擅胜场。

赵太侔先生在厚德福座中一时兴起，点了铁锅蛋，从怀中掏出一元钱，令伙计出去买干奶酪（cheese），嘱咐切成碎丁羼在蛋里,要美国奶酪,不要瑞士的,因为美国的比较味淡,容易被大家接受。做出来果然气味喷香,不同凡响,从此悬为定例,每吃铁锅蛋必加奶酪。

现在我们有新式的电炉烤箱,不一定用铁锅,禁烧烤的玻璃盆(casserole)照样的可以做这道菜,不过少了铁锅那种原始粗犷的风味。

锅烧鸡

    北平的饭馆几乎全属烟台帮；济南帮兴起在后。烟台帮中致美斋的历史相当老。清末魏元旷《都门琐记》谈到致美斋："致美斋以四做鱼名。盖一鱼而四做之,子名'万鱼',与头尾皆红烧,酱炙中段,余或炸炒,或醋熘、糟熘。"致美斋的鱼是做得不错,我所最欣赏的却别有所在。锅烧鸡是其中之一。

    先说致美斋这个地方。店坐落在煤市街,坐东面西,楼上相当宽敞,全是散座。因生意鼎盛,在对面一个非常细窄的尽头开辟出一个致美楼,楼上楼下全是雅座。但是厨房还是路东的致美斋的老厨房,做好了菜由小利巴提着盒子送过街。所以这个雅座非常清静。左右两个楼梯,由左梯上去正面第一个房间是我随侍先君经常占用的一间,窗户外面有一棵不知名的大树遮掩,树叶很大,风也萧萧,无风也萧萧,很有情调。我第一次吃醉酒就是在这个房间里。几杯花雕下肚之后还索酒吃,先君不许,我站在凳子上舀起一大勺汤泼将过去,泼溅在先君的两截衫上,随后我即晕倒,醒来发觉已在家里。这一件事我记忆甚清,

190

时年六岁。

锅烧鸡要用小嫩鸡，北平俗语称之为"桶子鸡"，疑系"童子鸡"之讹。严辰《忆京都词》有一首：

忆京都·桶鸡出便宜

衰翁最便宜无齿，

制仿金陵突过之。

不似此间烹不热，

关西大汉方能嚼。

注云："京都便宜坊桶子鸡，色白味嫩，嚼之可无渣滓。"他所谓便宜坊桶子鸡，指生的鸡，也可能是指熏鸡。早年一元钱可以买四只。南京的油鸡是有名的，广东的白切鸡也很好，其细嫩并不在北平的之下。严辰好像对北平桶子鸡有偏爱。

我所谓桶子鸡是指那半大不小的鸡，也就是做"炸八块"用的那样大小的鸡。整只的在酱油里略浸一下，下油锅炸，炸到皮黄而脆。同时另锅用鸡杂（即鸡肝、鸡胗、鸡心）做一小碗卤，连鸡一同送出去。照例这只鸡是不用刀切的，要由跑堂的伙计站在门外用手来撕的，撕成一条条的，如果撕出来的鸡不够多，可以在盘子里垫上一些黄瓜丝。连鸡带卤一起送上桌，把卤浇上去，就成为爽口的下酒菜。

何以称之为锅烧鸡，我不大懂。坐平浦火车路过德州的时候,可以听到好多老幼妇孺扯着嗓子大叫:"烧鸡烧鸡!"旅客伸手窗外就可以购买。早先大约一元可买三只,烧得焦黄油亮,劈开来吃,咸渍渍的,挺好吃(夏天要当心,外表亮光光,里面可能大蛆咕咕囔囔)。这种烧鸡是用火烧的,也许馆子里的烧鸡加上一个锅字,以示区别。

煎馄饨

"馄饨"这个名称好古怪。宋程大昌《演繁露》:"世言馄饨,是虏中挥沌氏为之。"有此一说,未必可信。不过我们知道馄饨历史相当悠久,无分南北到处有之。

儿时,里巷中到了午后常听见有担贩大声吆喝:"馄饨——开锅!"这种馄饨挑子上的馄饨,别有风味,物美价廉。那一锅汤是骨头煮的;煮得久,所以是浑浑的、浓浓的。馄饨的皮子薄,馅极少,勉强可以吃出其中有一点点肉。但是佐料不少,葱花、芫荽、虾皮、冬菜、酱油、醋、麻油,最后洒上竹节筒里装着的黑胡椒粉。这样的馄饨在别处是吃不到的,谁有工夫去熬那么一大锅骨头汤?

北平的山东馆子差不多都卖馄饨。我家胡同口有一个同和馆,从前在当地还有一点小名,早晨就卖馄饨和羊肉馅和卤馅的小包子。馄饨做得不错,汤清味厚,还加上几小块鸡血几根豆苗。凡是饭馆没有不备一锅高汤的(英语所谓"原汤"stock),一碗馄饨舀上一勺高汤,就味道十足。后来"味之素"大行其道,谁还预备原汤?不过善品味的人,一尝便知道是不是正味。

馆子里卖的馄饨,以致美斋的为最出名。好多年前,《同治都门纪略》就有赞赏致美斋的馄饨的打油诗:

包得馄饨味胜常,

馅融春韭嚼来香,

汤清润吻休嫌淡,

咽来方知滋味长。

这是同治年间的事,虽然已过了五十年左右,饭馆的状况变化很多,但是他的馄饨仍是不同凡响,主要的原因是汤好。

可是我最激赏的是致美斋的煎馄饨,每个馄饨都包得非常俏式,薄薄的皮子挺拔舒翘,像是天主教修女的白布帽子。入油锅慢火生炸,炸黄之后再上小型蒸屉猛蒸片刻,立即带屉上桌。馄饨皮软而微韧,有异趣。

核桃腰

　　偶临某小馆,见菜牌上有核桃腰一味,当时一惊,因为我想起厚德福名菜之一的核桃腰。由于好奇,点来尝尝。原来是一盘炸腰花,拌上一些炸核桃仁。软炸腰花当然是很好吃的一样菜,如果炸的火候合适。炸核桃仁当然也很好吃,即使不是甜的也很可口。但是核桃仁与腰花杂放在一个盘子里则似很勉强。一软一脆,颇不调和。

　　厚德福的核桃腰,不是核桃与腰合一炉而冶之;这个名称只是说明这个腰子的做法与众不同,吃起来有核桃滋味或有吃核桃的感觉。腰子切成长方形的小块,要相当厚,表面上纵横划纹,下油锅炸,火候必须适当,油要热而不沸,炸到变黄,取出蘸花椒盐吃,不软不硬,咀嚼中有异感,此之谓核桃腰。

　　一般而论,北地餐馆不善治腰。所谓炒腰花,多半不能令人满意,往往是炒得过火而干硬,味同嚼蜡。所以有些馆子特别标明南炒腰花,南炒也常是虚有其名。烩腰片也不如一般川菜馆或湘菜馆之做得软嫩。炒虾腰本是江浙馆的名菜,能精制

195

细做的已不多觏，其他各地餐馆仿制者则更不必论。以我个人经验，福州馆子的炒腰花最擅胜场。腰块切得大大的、厚厚的，略划纵横刀纹，做出来其嫩无比，而不带血水。勾汁也特别考究，微带甜意。我猜想，可能腰子并未过油，而是水汆，然后下锅爆炒勾汁。这完全是灶上的火候功夫。此间的闽菜馆炒腰花，往往是粗制滥造，略具规模，而不禁品尝，脱不了"匠气"。有时候以海蜇皮垫底，或用回锅的老油条垫底，当然未尝不可，究竟不如清炒。抗战期间，偶在某一位作家的岳丈郑老先生家吃饭，郑先生是福州人，司法界的前辈，雅喜烹调，他的郇厨所制腰花，做得出神入化，至善至美，一饭至今而不能忘。

豆汁儿

豆汁下面一定要加一个儿字,就好像说鸡蛋的时候鸡子下面一定要加一个儿字,若没有这个轻读的语尾,听者就会不明白你的语意而生误解。

胡金铨先生在谈老舍的一本书上,一开头就说:不能喝豆汁儿的人算不得是真正的北平人。这话一点儿也不错。就是在北平,喝豆汁儿也是以北平城里的人为限,城外乡间没有人喝豆汁儿,制作豆汁儿的原料是用以喂猪的。但是这种原料,加水熬煮,却成了城里人个个欢喜的食物。而且这与阶级无关。卖力气的苦哈哈,一脸溃泥儿,坐小板凳儿,围着豆汁儿挑子,啃豆腐丝儿卷大饼,喝豆汁儿,就咸菜儿,固然是自得其乐。府门头儿的姑娘、哥儿们,不便在街头巷尾公开露面,和穷苦的平民混在一起喝豆汁儿,也会派底下人或者老妈子拿沙锅去买回家里重新加热大喝特喝。而且不会忘记带回一碟那挑子上特备的辣咸菜,家里尽管有上好的酱菜,不管用,非那个廉价的大腌萝卜丝拌的咸菜不够味。口有同嗜,不分贫富老少男女。我不知道为什么北平人养成这种特殊的口味。南方人到了北平,不可能喝豆汁儿的,就是河北各县也没有人能容忍这个异味而不龇牙咧嘴。豆汁儿之妙,一在酸,酸中带馊腐的怪味。二在烫,只能吸溜吸溜地喝,不能大口猛灌。三在咸菜的辣,辣得舌尖发麻。越辣越喝,越喝越烫,最后是满头大汗。我小时候在夏天喝豆汁儿,是先脱光脊梁,然后才喝,等到汗落再穿上衣服。

自从离开北平,想念豆汁儿不能自已。有一年我路过济南,在车站附近一个小饭铺墙上贴着条子说有"豆汁"发售。叫了一碗来吃,原来是豆浆。是我自己疏忽,写明的是"豆汁",不是"豆汁儿"。来到台湾,有朋友说有一家饭馆儿卖豆汁儿,乃偕往一尝。乌糟糟的两碗端上来,倒是有一股酸馊之味触鼻,可是稠糊糊的像麦片粥,到嘴里很难下咽。可见在什么地方吃什么东西,勉强不得。

炸丸子

　　我想人没有不爱吃炸丸子的，尤其是小孩。我小时候，根本不懂什么五臭八珍，只知道小炸丸子最为可口。肉剁得松松细细的，炸得外焦里嫩，入口即酥，不需大嚼，既不吐核，又不摘刺，蘸花椒盐吃，一口一个，实在是无上美味。可惜一盘丸子只有二十来个，桌上人多，分下来差不多每人两三个，刚把馋虫诱上喉头，就难以为继了。我们住家的胡同口有一个同和馆，近在咫尺，有时家里来客留饭，就在同和馆叫几个菜作为补充，其中必有炸丸子，亦所以餍我们几个孩子所望。有一天，我们两三个孩子偎在母亲身边闲话，我的小弟弟不知怎么的心血来潮，没头没脑的冒出这样的一句话："妈，小炸丸子要多少钱一碟？"我们听了哄然大笑，母亲却觉得一阵心酸，立即派佣人到同和馆买来一碟小炸丸子，我们两三个孩子伸手抓食，每人分到十个左右，心满意足。事隔七十多年，不能忘记那一回吃小炸丸子的滋味。

　　炸丸子上面加一个"小"字，不是没有缘由的。丸子大了，炸起来就不容易炸透。如果炸透，外面一层又怕炸过火。所以要小。有些馆子称之为樱桃丸子，也不过是形容其小。其实这是夸张，事实上总比樱桃大些。要炸得外焦里嫩有一个诀窍。先用温油炸到八分熟，捞起丸子，使稍冷却，在快要食用的时候投入沸油中再炸一遍。这样便可使外面焦而里面不至变老。

为了偶尔变换样子，炸丸子做好之后，还可以用葱花、酱油、芡粉在锅里勾一些卤，加上一些木耳，然后把炸好的丸子放进去滚一下就起锅，是为熘丸子。

如果用高汤煮丸子，而不用油煎，煮得白白嫩嫩的，加上一些黄瓜片或是小白菜心，也很可口，是为汆丸子。若是赶上毛豆刚上市，把毛豆剁碎羼在肉里，也很别致，是为毛豆丸子。

湖北馆子的蓑衣丸子也很特别，是用丸子裹上糯米，上屉蒸。蒸出来一个个的粘着挺然翘然的米粒，好像是披了一件蓑衣，故名。这道菜要做得好，并不难，糯米先泡软再蒸，就不会生硬。我不知道为什么湖北人特喜糯米，豆皮要包糯米，烧卖也要包糯米，丸子也要裹上糯米。我私人以为除了粽子汤团和八宝饭之外，糯米派不上什么用场。

北平酱肘子铺（即便宜坊）卖一种炸丸子，扁扁的，外表疙瘩噜苏，里面全是一些筋头麻脑的剔骨肉，价钱便宜，可是风味特殊，当做火锅的锅料用最为合适。我小时候上学，如果手头富余，买个炸丸子夹在烧饼里，惬意极了，如今回想起来还回味无穷。

最后还不能不提到"乌丸子"。一半炸猪肉丸子，一半炸鸡胸肉丸子，盛在一个盘子里，半黑半白，很是别致。要有一小碗卤汁，蘸卤汁吃才有风味。为什么叫乌丸子，我不知道，大概是什么一位姓乌的大老爷所发明，故以此名之。从前有那样的风气，人以菜名，菜以人名，如潘鱼、江豆腐之类皆是。

爆双脆

　　爆双脆是北方山东馆的名菜。可是此地北方馆没有会做爆双脆的。如果你不知天高地厚，进北方馆就点爆双脆，而该北方馆竟也不知地厚天高硬敢应这一道菜，结果一定是端上来一盘黑不溜秋的死眉瞪眼的东西，一看就不起眼，入口也嚼不烂，令人败兴。就是在北平东兴楼或致美斋，爆双脆也是称量手艺的菜，利巴头二把刀是不敢动的。

　　所谓双脆，是鸡脆和羊肚儿，两样东西旺火爆炒，炒出来红白相间，样子漂亮，吃在嘴里韧中带脆，咀嚼之际自己都能听到喀吱喀吱地响。鸡脆易得，捡肥大者去里，所谓去里就是把附在上面的一层厚皮去掉。我们平常在山东馆子叫"清炸脆"，总是附带关照茶房一声："要去里儿！"即因去了里儿才能嫩。一般人不知去里，嚼起来要吐核儿，不是味道。肚子是羊肚儿，而且是厚肥的肚领，而且是剥皮的肚仁儿，这才够资格成为一脆。求羊肚儿而不可得，猪肚儿代替，那就逊色多了。鸡脆和肚子都要先用刀划横竖痕，越细越好，目的是使油容易渗透而热力迅速侵入，因为这道菜纯粹是靠火候。两样东西不能一起过油炒。鸡胗需时稍久，要先下锅，羊肚儿若是一起下锅，结果不是肚子老了就是鸡胗不够熟。这两样东西下锅爆炒勾汁，来不及用铲子翻动，必须端起锅来把锅里的东西抛向半空中打个滚再落下来，液体固体一起掂起，连掂三五下子，熟了。这不是特技表演，这是火候必需的功夫。在旺火熊熊之前，热油泼溅之际，把那本身好几斤重的铁锅只手耍那两下子，没有一点手艺行么？难怪此地山东馆，不敢轻易试做爆双脆，一来材料不齐，二来高手难得。

谈到这里，想到北平的爆肚儿。

肚儿是羊肚儿，口北的绵羊又肥又大，羊胃有好几部分：散淡、葫芦、肚板儿、肚领儿，以肚领儿为最厚实。馆子里卖的爆肚儿以肚领儿为限，而且是剥了皮的，所以称之为肚仁儿。爆肚仁儿有三种做法：盐爆、油爆、汤爆。盐爆不勾芡粉，只加一些芫荽梗葱花，清清爽爽。油爆要勾大量芡粉，粘粘糊糊。汤爆则是清汤汆煮，完全本味，蘸卤虾油吃。三种吃法各有妙处。记得从前在外留学时，想吃的家乡菜以爆肚儿为第一。后来回到北平，东车站一下车，时已过午，料想家中午饭已毕，乃把行李寄存车站，步行到煤市街致美斋独自小酌，一口气叫了三个爆肚儿，盐爆、油爆、汤爆，吃得我牙根清酸。然后一个清油饼一碗烩两鸡丝，酒足饭饱，大摇大摆还家。生平快意之餐，隔五十余年犹不能忘。

烩银丝也很可口。煮烂了的肚板儿切成细丝，烩出来颜色雪白。煮前一定要洗得干净才成。在家里自己煮羊肚儿也并不难。除去草芽之后用盐巴用力翻来翻去地搓，就可以搓得雪白，而且可以除去膻气。整个羊胃，一律切丝，宽汤慢煮，煮烂为止。

　　东安市场及庙会等处都有卖爆肚儿的摊子，以水爆为限，而且草芽未除，煮出来乌黑一团，虽然也很香脆，只能算是平民食物。

炝青蛤

北人不大吃带壳的软体动物，不是不吃，是不似南人之普遍嗜食。

沈括《梦溪笔谈》卷二十四："如今之北方人喜用麻油煎物，不问何物，皆用油煎。庆历中，群学士会于玉堂，使人置得生蛤蜊一篑，令饔人烹之，久且不至。客讶之，使人检视，则曰：'煎之已焦黑而尚未烂。'坐客莫不大笑。"沈括，宋时人，当时可能有过这样的一个饔人闹过这样的一个笑话。

北平山东餐馆里，有一道有名的菜"炝青蛤"。所谓青蛤，一寸来长，壳面作淡青色，平滑洁净，肉微呈黄色，在蛤类中比较最具干净相。做法简单，先在沸水中烫过，然后掰开贝壳，一个个的都仰列在盘里，洒上料酒、姜末、胡椒粉，即可上桌，为上好的佐酒之物。另一吃法是做"芙蓉青蛤"，所谓芙蓉就是蒸蛋羹，蒸到半熟时把剥好的青蛤肉摆在表面上，再蒸片刻即得。也有不剥蛤肉，整个青蛤带壳投在蛋里去蒸的。这种带壳蒸的办法，似嫌粗豪，但是也有人说非如此不过瘾。

青蛤在家里也可以吃，手续简单，不过在北方吃东西多按季节。春夏之交，黄鱼、大头鱼上市，也就是吃蛤蜊的旺季。我记得先君在世的时候，照例要到供应水产最为丰富的东单牌楼菜市采购青蛤，一买就是满满一麻袋，足足有好几十斤，几乎一个人都提不动，运回家来供我们大嚼。先是浸蛤于水，过一昼夜而泥沙吐尽。听人说，水里若是滴上一些麻油，则泥沙吐得更快更干净。我没有试过。蛤虽味鲜，不宜多食，但是我的二姊曾有一顿吃下一百二十个青蛤的纪录。大家这样狂吃一顿，一年之内不作再吃想矣。

在台湾我没有吃到过青蛤。著名的食物"蚵仔煎"，蚵仔是台语，实即牡蛎，亦即蚝。这种东西宁波一带盛产。剥出来的肉，名为蛎黄。李时珍《本草》："南海人，食其肉，谓之蛎黄。"其实蛎黄亦不限于南海。东北人喜欢吃的白肉酸菜火锅，即往往投入一盘蛎黄，使汤味格外鲜美。此地其他贝类，如哈蚂、蚋、海瓜子，大部分都是酱油汤子里泡着，咸滋滋的，失去鲜味不少。蚶子是南方普遍食物，人工培养蚶子的地方名为蚶田。清《一统志》："莆田县东七十里大海上，有蚶田四百顷。"规模好大！蚶子用开水一烫，掰开加三合油加姜末就可以吃，壳里漾着血水，故名血蚶。我看见那血水，心里不舒服，再想到上海弄堂里每天清早刷马桶的人，用竹帚蚶子壳哗啦哗啦搅得震天响，看着蚶子就更不自在了。至于淡菜，一名壳菜，也是浙闽名产，晒干了之后可用以煨红烧肉，其形状很丑，像是晒干了的蝉，又有人想入非非说是像另外一种东西。总之这些贝类都不是北人所易接受的。

美国西海岸自阿拉斯加起以至南加州，海底出产一种巨大的蛤蜊，名曰geoduck，很奇怪的当地的人却读如"古异德克"，又名之曰蛤王（king clam）。其壳并不太大，大者长不过四五寸许，但是它的肉体有一条长长的粗粗的肉伸出壳外，略有伸缩性，但不能缩进壳里，像象鼻一样，其状不雅，长可达一尺开外，两片硬壳贴在下面形同虚设。这条长鼻肉味鲜美，可以说是美国西海岸食物中的隽品。我曾为文介绍，可是国人旅游美国西部者，搜奇选胜，却很少人尝过古异德克。知音很难，知味亦不易。我初尝异味是在西雅图高叔哿、严倚云伉俪府上，这两位都精易牙之术。高先生告诉我，古异德克虽是珍品，而美国人不善处理，较高级餐馆菜单中偶然也列此一味，但是烹制出来，尽管猛加白兰地，不是韧如皮鞋底，就是味同嚼蜡。皆因西人烹调方法，不外油炸、水煮、热烤，就是缺了我们中国的"炒"。他们根本没有炒菜锅。英文中没有相当于"炒"的字，目前一般翻译都作stir fry（一面翻腾一面煎）。高先生做古异德克是用炒的方法，先把象鼻形的那根肉割下来，其余部分丢弃，用沸水一浇，外表一层粗皱的松皮就容易脱落下来了，然后切成薄片，越薄越好。旺火，沸油，爆炒，加进葱姜盐，翻动十来下，熟了，略加玉米粉，使汁稠，趁热上桌。吃起来有广东馆子"炒响螺"的味道，美。

美国人不懂这一套。风行美国各地的"蛤羹"（clam

chowder)味道不错，里面的番薯牛奶麦粉大概不少，稠糊糊的，很难发现其中有蛤。现在他们动起"蛤王"的脑筋来了，切碎古异德克制作蛤羹，并且装了罐头，想来风味不恶。

一九八六年五月七日台湾一家报纸刊出一则新闻式的广告，标题是"深海珍品鲍鱼贝——肉质鲜美好口味"。鲍鱼贝的名字起得好，即是古异德克。据说日本在一九七六年引进了鲍鱼贝，而且还生吃。在台湾好像尚未被老饕注意，也许是因为我们的美味种类已经太多了。

贝类之中体积最小者，当推江浙产的"黄泥螺"。这种东西我就从未见过。菁清说她从小就喜欢吃，清粥小菜经常少不了它。有一天她居然在台北一家店里瞥见了一瓶瓶的黄泥螺，像是他乡遇故知一般，扫数买了回来。以后再买就买不到了。据告这是海员偶然携来寄售的。黄泥螺小得像绿豆一般，黑不溜秋的，不起眼，里面的那块肉当然是小得可怜，而且咸得很。

狮子头

狮子头，扬州名菜。大概是取其形似，而又相当大，故名。北方饭庄称之为四喜丸子，因为一盘四个。北方做法不及扬州狮子头远甚。

我的同学王化成先生，扬州人，幼失怙，赖姑氏扶养成人，姑善烹调，化成耳濡目染，亦通调和鼎鼐之道。化成官外交部多年，后外放葡萄牙公使历时甚久，终于任上。他公余之暇，常亲操刀俎，以娱嘉宾。狮子头为其拿手杰作之一，曾以制作方法见告。

狮子头人人会做，巧妙各有不同。化成教我的方法是这样的——

首先取材要精。细嫩猪肉一大块，七分瘦三分肥，不可有些须筋络纠结于其间。切割之际最要注意，不可切得七歪八斜，亦不可剁成碎泥，其秘诀是"多切少斩"。挨着刀切成碎丁，越碎越好，然后略为斩剁。

次一步骤也很重要。肉里不羼荠粉，容易碎散；加了荠粉，粘糊糊的不是味道。所以调好芡粉要抹在两个手掌上,然后捏搓肉末成四个丸子,这样丸子外表便自然糊上了一层芡粉,而里面没有。把丸子微微按扁,下油锅炸,以丸子表面紧绷微黄为度。

再下一步是蒸。碗里先放一层转刀块冬笋垫底,再不然就横切黄芽白作墩形数个也好。把炸过的丸子轻轻放在碗里,大火蒸一个钟头以上。揭开锅盖一看,浮着满碗的油,用大匙把油撇去,或用大吸管吸去,使碗里不见一滴油。

这样的狮子头,不能用筷子夹,要用羹匙舀,其嫩有如豆腐。肉里要加葱汁、姜汁、盐。愿意加海参、虾仁、荸荠、香蕈,各随其便,不过也要切碎。

狮子头是雅舍食谱中重要的一色。最能欣赏的是当年在北碚的编译馆同仁萧毅武先生,他初学英语,称之为"莱阳海带",见之辄眉飞色舞。化成客死异乡,墓木早拱矣,思之怆然!

两做鱼

常听人说北方人不善食鱼,因为北方河流少,鱼也就不多。我认识一位蒙古贵族,除了糟溜鱼片之外,从不食鱼;清蒸鲥鱼,干烧鲫鱼,他不屑一顾,他生怕骨鲠刺喉。可是亦不尽然。不久以前我请一位广东朋友吃石门鲤鱼,居然谈笑间一根大刺横鲠在喉,喝醋吞馒头都不收效,只好到医院行手术。以后他大概只能吃"滑鱼球"了。我又有一位江西同学,他最会吃鱼,一见鱼脍上桌便不停下箸,来不及剔吐鱼刺,伸出舌头往嘴边一送,便一根根鱼刺贴在嘴角上,积满一把才用手抹去。可见食鱼之巧拙,与省籍无关,不分南北。

《诗经·陈风》:"岂其食鱼,必河之鲂?""岂其食鱼,必河之鲤?"河就是黄河。鲂味腴美,《本草纲目》说"鲂鱼处处有之"。汉沔固盛产,黄河里也有。鲤鱼就更不必说。跳龙门的就是鲤鱼。冯谖齐人,弹铗叹食无鱼,孟尝君就给他鱼吃,大概就是黄河鲤了。

提起黄河鲤,实在是大大有名。黄河自古时常泛滥,七次改道,为一大灾害,治黄乃成历朝大事。清代置河道总督管理其事,动员人众,斥付巨资,成为大家艳羡的肥缺。从事河工者乃穷极奢侈,饮食一道自然精益求精。于是豫菜乃能于餐馆业中独树一帜。全国各地皆有鱼产,松花江的白鱼、津沽的银鱼、近海的石首鱼、松江之鲈、长江之鲥、江淮之鮰、远洋之鲳……无不佳美,难分轩轾。黄河鲤也不过是其中之一。

豫菜以开封为中心,洛阳亦差堪颉颃。到豫菜馆吃饭,柜上先敬上一碗开口汤,汤清而味美。点菜则少不得黄河鲤。一尺多长的活鱼,欢蹦乱跳,伙计当着客人面前把鱼猛掷触地,活活摔死。鱼的做法很多,我最欣赏清炸、酱汁两做,一鱼两吃,十分经济。

清炸鱼说来简单,实则可以考验厨师使油的手艺。使油要懂得沸油、热油、温油的分别。有时候做一道菜,要转变油的温度。炸鱼要用猪油,炸出来色泽好,用菜油则易焦。鱼剖为两面,取其一面,在表面上斜着纵横细切而不切断。入热油炸之,不需裹面糊,可裹芡粉,炸到微黄,鱼肉一块块的裂开,看样子就引人入胜。洒上花椒盐上桌。常见有些他处的餐馆做清炸鱼,鱼的身份是无可奈何的事,只要是活鱼就可以入选了,但是刀法太不讲究,切条切块大小不一,鱼刺亦多横断,最坏的是外面裹了厚厚一层面糊。

两做鱼另一半酱汁,比较简单,整块的鱼嫩熟之后浇上酱汁即可,唯汁宜稠而不粘,咸而不甜。要洒姜末,不需别的佐料。

瓦块鱼

严辰《忆京都词》有一首是这样的:

忆京都·陆居罗水族

鲤鱼硕大鲫鱼多,

当客击鲜随所欲。

此间俗手昧烹鲜,

令人空白羡临渊。

严辰是浙江人,在鱼米之乡居然也怀念北人的烹鲜。故都虽然尝不到黄河鲤,但是北平的河南馆子治鱼还是有独到之处。厚德福的瓦块鱼便是一绝。一块块炸黄了的鱼,微微弯卷作瓦片形,故以为名。上面浇着一层稠粘而透明的糖醋汁,微洒姜末,看那形色就令人馋涎欲滴。

我曾请教过厚德福的陈掌柜,他说得轻松,好像做瓦块鱼没什么诀窍。其实不易。首先选材要精,活的鲤鱼鲩鱼都可以用,取其肉厚。但是只能用其中段最精的一部分。刀法也有考究,鱼片厚薄适度,去皮,而且尽可能避免把鱼刺切得过分碎断。裹蛋白芡粉,不可裹面糊。温油,炸黄。做糖醋汁,用上好藕粉,比芡粉好看,显着透明,要用冰糖,乘热加上一勺热油,取其光亮,浇在炸好的鱼片上,最后洒上姜末,就可以上桌了。

一盘瓦块鱼差不多快吃完,伙计就会过来,指着盘中的剩汁说:"给您焙一点面吧?"顾客点点头,他就把盘子端下去,不大的工夫,一盘像是焦炒面似的东西端上来了。酥、脆,微带甜酸,味道十分别致。可是不要误会,那不是面条,面条没有那样细,也没有那样酥脆。那是番薯(即马铃薯)擦丝,然后下油锅炒成的。若不经意,还会以为真是面条呢。

因为瓦块鱼受到普遍欢迎,各地仿制者众,但是很少能达到水准。大凡烹饪之术,各地不尽相同,即以一地而论,某一餐馆专擅某一菜数,亦不容他家效響。瓦块鱼是河南馆的拿手,而以厚德福为最著;醋熘鱼(即五柳鱼)是南宋宋五嫂五柳居的名菜,流风遗韵一直保存在杭州西湖。《光绪顺天府志》:"五柳鱼,浙江西湖五柳居煮鱼最美,故传名也。今京师食馆仿为之,亦名五柳鱼。"北人仿五柳鱼,犹南人仿瓦块鱼也,不能神似。北人做五柳鱼,肉丝笋丝冬菇丝堆在鱼身上,鱼肉硬,全无五柳风味。樊樊山有一首诗《攘薇招饮广和居即席有作》:

闲里堂堂白日过,与君对酒复高歌。

都京御气横江尽,金铁秋声出塞多。

未信鱼羹输宋嫂,漫将肉饼问曹婆。

百年掌故城南市,莫学桓伊唤奈何。

所谓"未信鱼羹输宋嫂",是想象之词。百年老店,摹仿宋五嫂的手艺,恐怕也是不过尔尔。

溜黄菜

黄菜指鸡蛋。北平人常避免说蛋字,因为它不雅,我也不知为什么不雅。"木樨"、"芙蓉"、"鸡子儿"都是代用词。更进一步"鸡"字也忌讳,往往称为"牲口"。

溜黄菜不是炒鸡蛋。北方馆子常用为一道外敬的菜。就如同"三不粘"、"炸元宵"之类,作为是奉赠性质。天津馆子最爱外敬,往往客人点四五道菜,馆子就外敬三四道,这样离谱的外敬,虽说不是什么贵重的菜色,也使顾客觉得不安。

溜黄菜是用猪油做的,要把鸡蛋黄制成糊状,故曰溜。蛋黄糊里加荸荠丁,表面洒一些清酱肉或火腿屑,用调羹舀来吃,色香味俱佳。家里有时宴客,如果做什么芙蓉干贝之类,专用蛋白,蛋黄留着无用,这时候就可以考虑做一盆溜黄菜了。馆子里之所以常外敬溜黄菜,可能也是剩余的蛋黄无处打发,落得外敬做人情了。

我家里试做好几次溜黄菜都失败了,炒出来是一块块的,不成糊状。后来请教一位亲戚,承她指点,方得诀窍。原来蛋黄打过加水,还要再加芡粉(多加则稠少加则稀),入旺油锅中翻搅之即成。凡事皆有一定的程序材料,不是暗中摸索所能轻易成功的。

自从试做成功,便常利用剩余的蛋黄炮制。直到有一天我胆结石症发,入院照爱克司光,医嘱先吞鸡蛋黄一枚,我才知道鸡蛋黄有什么作用。原来蛋黄几乎全是脂肪,生吞下去之后胆囊受到刺激,立刻大量放出胆汁,这时候给胆囊照相便照得最清楚。此后我是无胆之人,见了溜黄菜便敬而远之,由有胆的人去享受了。

窝　头

　　窝窝头,简称窝头,北方平民较贫苦者的一种主食。贫苦出身者,常被称为啃窝头长大的。一个缩头缩脑满脸穷酸相的人,常被人奚落,"瞧他那个窝头脑袋!"变戏法的卖关子,在紧要关头停止表演向围观者讨钱,好多观众便哄然逃散,变戏法的急得跳着脚大叫:"快回家去吧,窝头糊(糊是烧焦的意思)啦!"坐人力车如果事前未讲价钱,下车付钱,有些车夫会伸出朝上的手掌,大汗淋漓的喘吁吁地说:"请您回回手,再赏几个窝头钱吧!"

　　总而言之,窝头是穷苦的象征。

　　到北平观光过的客人,也许在北海仿膳吃过小窝头。请不要误会,那是噱头,那小窝头只有一英寸高的样子,一口可以吃一个。据说那小窝头虽说是玉米面做的,可是羼了栗子粉,所以松软容易下咽。我觉得这是拿穷人开心。

　　真正的窝头是玉米做的,玉米磨得不够细,粗糙得刺嗓子,所以通常羼黄豆粉或小米面,称之为杂和面。杂和面窝头是比较常见的。制法简单,面和好,抓起一团,翘起右手大拇指伸进面团,然后用其余的九个手指围绕着那个大拇指搓搓捏捏使之成为一个中空的塔,所以窝头又名黄金塔。因为捏制时是一个大拇指在内九个手指在外,所以又称"里一外九"。

窝头是要上笼屉蒸的,蒸熟了黄澄澄的,喷香。有人吃一个窝头,要赔上一个酱肘子,让那白汪汪的脂肪陪送窝头下肚。困难在吃窝头的人通常买不起酱肘子,他们经常吃的下饭菜是号称为"棺材板"的大腌萝卜。

据营养学家说,纯粹就经济实惠而言,最值得吃的食物盖无过于窝头。玉米面虽非高蛋白食物,但是纤维素甚为丰富,而且其胚芽玉米糁的营养价值极高,富有维他命B多种,比白米白面不知高出多少。难怪北方的劳苦大众几乎个个长得比较高大粗壮。吃粗粮反倒得福了。杜甫诗:"百年粗粝腐儒餐",现在粗粝已不再仅是腐儒餐了,餍膏粱者也要吃糙粮。

我不是啃窝头长大的,可是我祖父母为了不忘当年贫苦的出身,在后院避风的一个角落里砌了一个一尺多高的大灶,放一只头号的铁锅,春暖花开的时候便烧起柴火,在笼屉里蒸窝头。这一天全家上下的晚饭就是窝头、棺材板、白开水。除了蒸窝头之外,也贴饼子,把和好的玉米粉抓一把弄成舌形的一块往干锅上贴,加盖烘干,一面焦。再不然就顺便蒸一屉榆钱糕,后院现成的一棵大榆树,新生出一簇簇的榆钱,取下洗净和玉米面拌在一起蒸,蒸熟之后人各一碗,浇上一大勺酱油麻油汤子拌葱花,别有风味。我当时年纪小,没能懂得其中的意义,只觉得好玩。现在我晓得,大概是相当于美国人感恩节之吃火鸡。我们要感谢上苍赐给穷人像玉米这样的珍品。不过人光吃窝头是不行的,还要需要相当数量的蛋白质和脂肪。

自从宣统年间我祖父母相继去世,直到如今,已有七十多年没尝到窝头的滋味。我不想念窝头,可是窝头的形象却不时地在我心上涌现。我怀念那些啃窝头的人,不知道他们是否仍像从前一样的啃窝头,抑是连窝头都没得啃。前些日子,友人贻我窝头数枚,形色滋味与我所知道的完全相符,大有类似"他乡遇故人"之感。

贫不足耻。贫乃士之常,何况劳苦大众。不过打肿脸充胖子是人之常情,谁也不愿在人前暴露自己的贫穷。贫贱骄人乃是反常的激愤表示,不是常情。原宪穷,他承认穷,不承认病,其实就整个社会而言,贫是病。我知道有一人家,主人是小公务员,食指众多,每餐吃窝头,于套间进食,严扃其门户,不使人知。一日,忘记锁门,有熟客来排闼直入,发现全家每人捧着一座金字塔,主客大窘,几至无地自容。这个人家的子弟,个个发愤图强,皆能卓然自立,很快的就脱了窝头的户籍。

北方每到严冬,就有好心的人士发起窝窝头会,是赈济穷人的慈善组织。仁者用心,有足多者。但是嗟来之食,人所难堪,如果窝窝头会,能够改个名称,别在穷人面前提起窝头,岂不更妙?

220

烧　鸭

　　北平烤鸭，名闻中外。在北平不叫烤鸭，叫烧鸭，或烧鸭子，在口语中加一"子"字。

　　《北平风俗杂咏》严辰《忆京都词》十一首，第五首云：

忆京都·填鸭冠寰中

烂煮登盘肥且美，

加之炮烙制尤工。

此间亦有呼名鸭，

骨瘦如柴空打杀。

　　严辰是浙人，对于北平填鸭之倾倒，可谓情见乎词。

　　北平苦旱，不是产鸭盛地，唯近在咫尺之通州得运河之便，渠塘交错，特宜畜鸭。佳种皆纯白，野鸭花鸭则非上选。鸭自通州运到北平，仍需施以填肥手续。以高粱及其他饲料揉搓成圆条状，较一般香肠热狗为粗，长约四寸许。通州的鸭子师傅抓过一只鸭来，夹在两条腿间，使不得动，用手掰开鸭嘴。以粗长的一根根的食料蘸着水硬行塞入。鸭子要叫都叫不出声，只有眨巴眼的份儿。塞进口中之后，用手紧紧的往下捋鸭的脖子，硬把那一根根的东西挤送到鸭的胃里。填进几根之后，眼看着再填就要撑破肚皮，这才松手，把鸭关进一间不见天日的小棚子里。几十百只鸭关在一起，像沙丁鱼，绝无活动余地，只是尽量给予水喝。这样关了若干天，天天扯出来填，非肥不可，故名填鸭。一来鸭子品种好，二来师傅手艺高，所以填鸭为北平所独有。抗战时期在后方有一家餐馆试行填鸭，三分之一死去，没死的虽非骨瘦如柴，也并不很肥，这是我亲眼看到的。鸭一定要肥，肥才嫩。

北平烧鸭，除了专门卖鸭的餐馆如全聚德之外，是由便宜坊（即酱肘子铺）发售的。在馆子里亦可吃烤鸭，例如在福全馆宴客，就可以叫右边邻近的一家便宜坊送了过来。自从宣外的老便宜坊关张以后，要以东城的金鱼胡同口的宝华春为后起之秀，楼下门市，楼上小楼一角最是吃烧鸭的好地方。在家里，打一个电话，宝华春就会派一个小利巴，用保温的铅铁桶送来一只才出炉的烧鸭，油淋淋的，烫手热的。附带着他还管代蒸荷叶饼葱酱之类。他在席旁小桌上当众片鸭，手艺不错，讲究片得薄，每一片有皮有油有肉，随后一盘瘦肉，最后是鸭头鸭尖，大功告成。主人高兴，赏钱两吊，小利巴欢天喜地称谢而去。

填鸭费工费料，后来一般餐馆几乎都卖烧鸭，叫做叉烧烤鸭,连闷炉的设备也省了,就地一堆炭火一根铁叉就能应市。同时用的是未经填肥的普通鸭子,吹凸了鸭皮晾干一烤,也能烤得焦黄迸脆。但是除了皮就是肉,没有黄油,味道当然差得多。有人到北平吃烤鸭,归来盛道其美,我问他好在哪里,他说:"有皮,有肉,没有油。"我告诉他:"你还没有吃过北平烤鸭。"

所谓一鸭三吃,那是广告噱头。在北平吃烧鸭,照例有一碗滴出来的油,有一副鸭架装。鸭油可以蒸蛋羹,鸭架装可以熬白菜,也可以煮汤打卤。馆子里的鸭架装熬白菜,可能是预先煮好的大锅菜,稀汤洸水,索然寡味。会吃的人要把整个的架装带回家里去煮。这一锅汤,若是加口蘑(不是冬菇,不是香蕈)打卤,卤上再加一勺炸花椒油,吃打卤面,其味之美无与伦比。

汤　包

　　说起玉华台,这个馆子来头不小,是东堂子胡同杨家的厨子出来经营掌勺。他的手艺高强,名作很多,所做的汤包,是故都的独门绝活。

　　包子算得什么,何地无之?但是风味各有不同。上海沈大成、北万馨、五芳斋所供应的早点汤包,是令人难忘的一种。包子小,小到只好一口一个,但是每个都包得俏式,小蒸笼里垫着松针(可惜松针时常是用得太久了一些),有卖相。名为汤包,实际上包子里面并没有多少汤汁,倒是外附一碗清汤,表面上浮着七条八条的蛋皮丝,有人把包子丢在汤里再吃,成为名副其实的汤包子。这种小汤包馅子固然不恶,妙处却在包子皮,半酸半不酸,薄厚适度,制作上颇有技巧。台北也有人仿制上海式的汤包,得其仿佛,已经很难得了。

　　天津包子也是远近驰名的,尤其是狗不理的字号十分响亮。其实不一定要到狗不理去,搭平津火车一到天津西站就有一群贩卖包子的高举笼屉到车窗前,伸胳膊就可以买几个包子。包子是扁扁的,里面确有比一般为多的汤汁,汤汁中有几块碎肉葱花。有人到铺子里吃包子,才出笼的,包子里的汤汁曾有烫了脊背的故事,因为包子咬破,汤汁外溢,流到手掌上,一举手乃顺着胳膊流到脊背。不知道是否真有其事,不过天津包子确是汤汁多,吃的时候要小心,不烫到自己的脊背,至少可以溅到同桌食客的脸上。相传的一个笑话:两个不相识的人据一张桌子吃包子,其中一位一口咬下去,包子里的一股汤汁直飚过去,把对面客人喷了个满脸花。肇事的这一位并未觉察,低头猛吃。对面那一位很沉得住气,不动声色。堂倌在一旁看不下去,赶快拧了一个热手巾把送了过去,客徐曰:"不忙,他还有两个包子没吃完哩。"

玉华台的汤包才是真正的含着一汪子汤。一笼屉里放七八个包子,连笼屉上桌,热气腾腾,包子底下垫着一块蒸笼布,包子扁扁的塌在蒸笼布上。取食的时候要眼明手快,抓住包子的皱褶处猛然提起,包子皮骤然下坠,像是被婴儿吮瘪了的乳房一样,趁包子没有破裂赶快放进自己的碟中,轻轻咬破包子皮,把其中的汤汁吸饮下肚,然后再吃包子的空皮。没有经验的人,看着笼里的包子,又怕烫手,又怕弄破包子皮,犹犹豫豫,结果大概是皮破汤流,一塌糊涂。有时候堂倌代为抓取。其实吃这种包子,其乐趣一大部分就在那一抓一吸之间。包子皮是烫面的,比烫面饺的面还要稍硬一点,否则包不住汤。那汤原是肉汁冻子,打进肉皮一起煮起的,所以才能凝结成为包子馅。汤里面可以看得见一些碎肉渣,这样的汤味道不会太好。我不太懂,要喝汤为什么一定要灌在包子里然后再喝。

白　肉

　　白肉，白煮肉，白切肉，名虽不同，都是白水煮猪肉。谁不会煮?但是煮出来的硬是不一样。各地的馆子都有白切肉，各地人家也都有这样的家常菜，而巧妙各有不同。

　　提起北平的白切肉，首先就会想起沙锅居。沙锅居是俗名，正式的名称是"居顺和"，坐落在西四牌楼北边缸瓦市路东，紧靠着定王府的围墙。沙锅居的名字无人不知，本名很少人知道。据说所以有此名称是由于大门口设了一个灶，上面有一个大沙锅，直径四尺多，高约三尺，可以煮一整只猪。这沙锅有百余年的历史，传说从来没有换过汤!我想这是不可能的事，那样大的沙锅如何打制，如何能经久不裂，一锅汤如何能长久不换?这一定是好事者诌出来的故事。这馆子专卖猪肉和猪身上的一切，可以做出一百二十八道菜色不同的猪全席，我一听就心里有点怕，所以一直没去品尝过。到了一九二一年左右由于好奇才怂恿家君一同前去一试。大锅是有一只，我没发现那是沙锅。地方不算太脏，比我们想象的要好一些。五寸碟子盛的红白血肠、双皮、鹿尾、管挺、口条……我们都一一地尝过,白肉当然更不会放过。东西确是不错,所以生意兴隆,一到正午,一只猪卖完,迟来的客人只好向隅明日请早了。究竟是以猪为限,格调不高,中下级食客趋之若鹜,理所当然,高雅君子不可不去一尝,但很少人去了还想再去。

我母亲常对我们抱怨说北平的猪肉不好吃,有一股臊臭的气味。我起初不信,后来屡游江南,发现南北猪肉味是不同。大概是品称和饲料不同的关系。不知所谓臊臭,也许正是另一些人所谓的肉香。南方猪肉质嫩而味淡,却是真的。

北平人家里吃白肉也有季节,通常是在三伏天。猪肉煮一大锅,瘦多肥少,切成一盘盘的端上桌来。煮肉的时候如果先用绳子把大块的肉五花大绑,紧紧捆起来,煮熟之后冷却,解开绳子用利刀切片,可以切出很薄很薄的大片,肥瘦凝固而不散。肉不宜煮得过火,用筷子戳刺即可测知其熟的程度。火候要靠经验,刀法要看功夫。要横丝切,顺丝就不对了。白肉没有咸味,要蘸酱油,要多加蒜末。川菜馆于蒜酱油之外,另备辣椒酱。如果酱油或酱浇在白肉上,便不对味。

白肉下酒宜用高粱。吃饭时另备一盘酸菜,一盘白肉碎末,一盘腌韭菜末,一盘芫荽末,拌在饭里,浇上白肉汤,撒上一点胡椒粉,这是标准吃法。北方人吃汤讲究纯汤,鸡汤就是鸡汤,肉汤就是肉汤,不羼别的东西。那一盘酸菜很有道理,去油腻,开胃。

蟹

蟹是美味,人人喜爱,无间南北,不分雅俗。当然我说的是河蟹,不是海蟹。在台湾有人专程飞到香港去吃大闸蟹。好多年前我的一位朋友从香港带回了一篓螃蟹,分飨了我两只,得膏馋吻。蟹不一定要大闸的,秋高气爽的时节,大陆上任何湖沼溪流,岸边稻米高粱一熟,率多盛产螃蟹。在北平,在上海,小贩担着螃蟹满街吆唤。

七尖八团,七月里吃尖脐(雄),八月里吃团脐(雌),那是蟹正肥的季节。记得小时候在北平,每逢到了这个季节,家里总要大吃几顿,每人两只,一尖一团。照例通知长发送五斤花雕全家共饮。有蟹无酒,那是大煞风景的事。《晋书·毕卓传》:"右手持酒杯,左手持蟹螯,拍浮酒船中,便足了一生矣!"我们虽然没有那样狂,也很觉得乐陶陶了。母亲对我们说,她小时候在杭州家里吃螃蟹,要慢条斯理,细吹细打,一点蟹肉都不能糟蹋,食毕要把破碎的蟹壳放在戥子上称一下,看谁的一份儿分量轻,表示吃得最干净,有奖。我心粗气浮,没有耐心,蟹的小腿部分总

228

是弃而不食,肚子部分囫囵略咬而已。每次食毕,母亲教我们到后院采择艾尖一大把,搓碎了洗手,去腥气。

在餐馆里吃"炒蟹肉",南人称炒蟹粉,有肉有黄,免得自己剥壳,吃起来痛快,味道就差多了。西餐馆把蟹肉剥出来,填在蟹匡里(蟹匡即蟹壳)烤,那种吃法别致,也索然寡味。食蟹而不失原味的唯一方法是放在笼屉里整只的蒸。在北平吃螃蟹唯一好去处是前门外肉市正阳楼。他家的蟹特大而肥,从天津运到北平的大批蟹,到车站开包,正阳楼先下手挑拣其中最肥大者,比普通摆在市场或担贩手中者可以大一倍有余,我不知道他是怎样获得这一特权的。蟹到店中畜在大缸里,浇鸡蛋白催肥,一两天后才应客。我曾掀开缸盖看过,满缸的蛋白泡沫。食客每人一份小木槌小木垫,黄杨木制,旋床子定制的,小巧合用,敲敲打打,可免牙咬手剥之劳。我们因为是老主顾,伙计送了我们好几副这样的工具。这个伙计还有一个绝招,能吃活蟹,请他表演他也不辞。他取来一只活蟹,两指掐住蟹匡,任它双螯乱舞,轻轻把脐掰开,咔嚓一声把蟹壳揭开,然后扯碎入口大嚼。看得人无不心惊。据他说味极美,想来也和吃炝活虾差不多。在正阳楼吃蟹,每客一尖一团足矣,然后补上一碟烤羊肉夹烧饼而食之,酒足饭饱。别忘了要一碗氽大甲,这碗汤妙趣无穷,高汤一碗煮沸,投下剥好了的蟹螯七八块,立即起锅注在碗内,撒上芫荽末、胡椒粉和切碎了的回锅老油条。除了这一味氽大甲,没有任何别的羹汤可以压得住这一餐饭的阵脚。以蒸蟹始,以大甲汤终,前后照应,犹如一篇起承转合的文章。

蟹黄蟹肉有许多种吃法,烧白菜、烧鱼唇、烧鱼翅,都可以。蟹黄烧卖则尤其可口,唯必须真有蟹黄蟹肉放在馅内才好,不是一两小块蟹黄摆在外面做样子的。蟹肉可以腌后收藏起来,是为蟹胥,俗名为蟹酱,这是我们古已有之的美味。《周礼·天官·庖人》注:"青州之蟹胥"。青州在山东,我在山东住过,却不曾吃过青州蟹胥,但是我有一位家在芜湖的同学,他从家乡带了一小坛蟹酱给我。打开坛子,黄澄澄的蟹油一层,香气扑鼻。一碗阳春面,加进一两匙蟹酱,岂只是"清水变鸡汤"?

海蟹虽然味较差,但是个子粗大,肉多。从前我乘船路过烟台威海卫,停泊之后,舢板云集,大半是贩卖螃蟹和大虾的。都是煮熟了的。价钱便宜,买来就可以吃。虽然微有腥气,聊胜于无。生平吃海蟹最满意的一次,是在美国华盛顿州的安哲利斯港的码头附近,买得两只巨蟹,硕大无朋,从冰柜里取出,却十分新鲜,也是煮熟了的,一家人乘等候轮渡之便,在车上分而食之,味甚鲜美,和河蟹相比各有千秋,这一次的享受至今难忘。

陆放翁诗:"磊落金盘荐糖蟹。"我不知道螃蟹可以加糖。可是古人记载确有其事。《清异录》:"炀帝幸江州,吴中贡糖蟹。"《梦溪笔谈》:"大业中,吴郡贡蜜蟹二千头。……又何胤嗜糖蟹。大抵南人嗜咸,北人嗜甘,鱼蟹加糖蜜,盖便于北俗也。"如今北人没有这种风俗,至少我没有吃过甜螃蟹,我只吃过南人的醉蟹,真咸!螃蟹蘸姜醋,是标准的吃法,常有人在醋里加糖,变成酸甜的味道,怪!

图书代号：WX18N0835

图书在版编目（CIP）数据

雅舍小品 / 梁实秋著． — 西安：陕西师范大学出版
总社有限公司，2018.9

ISBN 978-7-5695-0050-9

I.①雅… Ⅱ.①梁… Ⅲ.①散文集－中国－现代
Ⅳ.① I266

中国版本图书馆 CIP 数据核字（2018）第 121574 号

雅舍小品
YA SHE XIAOPIN

梁实秋 著

出 版 人	刘东风	
责任编辑	高　歌	
特约编辑	公靖靖	
封面设计	王　鑫	
出版发行	陕西师范大学出版总社	
	（西安市长安南路 199 号　邮编 710062）	
网　　址	http://www.snupg.com	
印　　刷	北京市松源印刷有限公司	
开　　本	620mm×889mm　　1/16	
印　　张	15	
字　　数	105 千	
版　　次	2018 年 9 月第 1 版	
印　　次	2018 年 9 月第 1 次印刷	
书　　号	ISBN 978-7-5695-0050-9	
定　　价	49.00 元	